KB038196

DREAMBOOKS★

DREAMBOOKS★

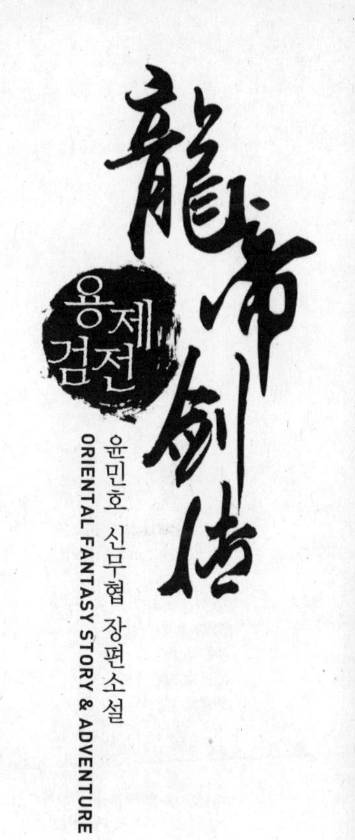

dream books
드림북스

용제검전 17

초판 1쇄 인쇄 2018년 6월 22일
초판 1쇄 발행 2018년 6월 29일

지은이 윤민호
발행인 오영배
기획 박성인
책임편집 황지희
일러스트 이지선
표지 · 본문 디자인 권지연
제작 조하늬

펴낸 곳 (주)삼양출판사 · 드림북스
주소 서울시 강북구 도봉로 173
대표 전화 02-980-2112 팩스 02-983-0660
편집부 전화 02-980-2116 팩스 02-983-8201
블로그 blog.naver.com/dreambookss
출판등록 1999년 3월 11일 제9-00046호

ISBN 979-11-283-9324-2 (04810) / 979-11-313-0566-9 (세트)

+ 이 도서의 국립중앙도서관 출판시도서목록(CIP)은 서지정보유통지원시스템홈페이지(http://seoji.nl.go.kr)와 국가자료공동목록시스템(http://www.nl.go.kr/kolisnet)에서 이용하실 수 있습니다. (CIP제어번호: 2018018891)

龍帝劍傳
용제검전
17
윤민호 신무협 장편소설
dream books
드림북스

목차

第一章 전의(戰意)를 불태우다	007
第二章 대전(大戰)의 서막(序幕)	031
第三章 전초전(前哨戰)	067
第四章 남아(男兒)와 미녀(美女)의 위용(威容)	105
第五章 결전(決戰)을 앞둔 술자리	145
第六章 폭풍전야(暴風前夜)	199
第七章 가을은 결실(結實)의 계절	241
第八章 빼앗으려는 자들, 지키려는 자들	269
第九章 그런 거 없어	307

第一章
전의(戰意)를 불태우다

천마대공.

천마신교의 초대 교주 천마신이 창안한 그 마학은 대자연의 힘마저 초월한 극상의 마공이란 찬사를 들었다.

가공스러운 쾌검술을 앞세워 불과 여섯 해 만에 정파와 사파를 일통한 천무외는 마침내 새외로 눈길을 돌렸고, 서역 마도 무림의 패자인 천마신교를 첫 번째 목표로 삼았다.

이유는 오직 하나.

강호 역사상 어느 누구도 따를 수 없는 전무후무한 업적을 쌓은 존재로 제 이름을 길이길이 남기고 싶었기 때문이다.

천마신교가 자랑하는 천마대공을 몸소 꺾어 보이면 그 원대한 꿈을 이룰 수 있으리라 믿었다. 그도 그럴 것이, 중원 무림의 역대 최강자들 중 마도 무림을 정복한 인물은 전무했으니까.

지금껏 천마신교, 혈교 등 마도 무림 세력의 발호에 맞서 중원 무림을 수호한 경우는 있지만 그 반대의 경우는 시도조차 한 적이 없다.

항상 마도 무림 쪽이 먼저 칼끝을 들이밀어 왔기에 거꾸로 그 땅을 칠 명분은 차고 넘쳤다. 하지만 원정을 감행하면 그만큼 중원 무림의 희생 또한 클 수밖에 없을뿐더러 정사의 수많은 세력이 한뜻으로 뭉쳐 움직이는 것 자체도 여간 어려운 일이 아니라 아예 시도 자체를 하지 않았다.

천무외는 강호사 최초로 정파와 사파를 일통한 뒤로 마땅한 적수가 없어 무료함을 느꼈다.

물론 용문검황이란 찬란한 칭호를 얻으며 천하 만인을 군림하는 일인자의 영예로운 삶이 싫은 건 아니었지만, 그렇다고 해서 아무런 고민도 없이 매사 신이 날 정도로 만족스러운 것도 아니었다.

최강자의 자리에 오르고 나면 더 이상 바랄 게 없으리라 여겼는데, 막상 그 꿈을 실현하고 나니 어떤 공허함이 흉중에 깃들었다. 그리고 그 마음은 세월의 흐름에 따라 자꾸만 커져 결국 주체할 수 없는 지경에 이르고 말았다.

무료함에 빠진 나날을 보내던 천무외는 그로 인해 마도 무림의 패자인 천마신교를 상대로 물밑 작업을 전개했다.

대전을 벌이기 전에 일단 합당한 명분부터 얻기 위해서.

비록 정파와 사파 전체를 호령하는 강대한 권력을 가진 몸이나 아무런 도발도 행하지 않은 천마신교를 먼저 공격하면 되레 각계의 반발을 사게 될 것임이 분명했다. 그런 까닭에 비밀스러운 암계를 펴 천마신교가 자진해 이곳 중원 무림을 침공하게끔 유도할 작정이었다.

하나 일은 생각처럼 쉽지 않았다.

천마신교를 비롯한 마도 무림은 이미 중원 무림 최강자이자 정파와 사파를 발아래에 둔 천무외의 존재를 극도로 경계하던 터라 섣부른 행동을 삼갔다.

그렇게 해를 거듭하던 중 천마신교는 끝내 천무외가 꾸준히 던지던 미끼를 물고 말았고 마침내 중원 땅으로 발을 내디뎠다.

천무외는 기다렸다는 듯 정파와 사파의 주요 고수진을 위시한 핵심 전력을 꾸려 그에 맞섰다. 그러나 천마신교가 보유한 힘은 아니, 천마신교주의 무력은 자신의 예상을 상회했다.

처음 접하는 천마대공은 가히 인세의 그것이라 칭하기

힘든 절륜한 마학이었다. 특히 상처를 부패시키는 그 악랄한 묘용은 완전하지 않은 회소의 용신기만으로 극복할 수 있는 것이 아니었다.

중원과 서역을 대표하는 두 초인은 한 치의 양보도 없이 치열한 싸움을 펼쳤고, 무려 오백여 합을 교환한 결과 허무히 양패구상하고 말았다.

혈전이 막을 내린 후.

가공스러운 천마대공의 힘에 의해 중상을 입은 천무외는 모처로 귀환해 몸을 돌보았지만 완치는 불가능했다.

'크흐윽……! 회소의 용신기로 상처의 부패 속도를 늦췄지만…… 이대로 시간이 가면 끝내 죽음을 면할 수 없을 것이야!'

흉중을 헤집고 드는 통한과 후회.

애초에 천마신교를 얕잡아 본 자신의 불찰이다.

"웨에엑!"

허리를 웅크리며 각혈한 그는 이내 두 주먹을 불끈 쥐며 몸을 부들부들 떨었다.

'흐윽…… 참으로 원통하구나! 일신의 공부가…… 조금만 더 높은 수준에 이르렀다면…….'

적어도 회소의 용신기 하나만 극성으로 깨우쳤다면 지금보다 상황이 나았으리라.

바로 그때.

『훗, 어리석은 인간 같으니…… 네 언젠가 반드시 그런 비참한 꼴을 당하게 될 것이라 예상했다.』

수십 년이 넘도록 반응이 없던 흑룡의 혼이다.

"닥쳐라!"

일갈한 천무외는 그만 기혈이 뒤집히며 재차 각혈과 함께 괴로운 신음을 흘렸다.

『몸 상태를 보아하니…… 길어야 일 년 남짓 버티는 것이 고작일 터. 어차피 네가 자초한 일, 이제 와서 어느 누구를 원망하랴.』

그러자 천무외가 핏발이 잔뜩 선 눈으로 힘겨운 목소리를 내뱉었다.

"내 진즉…… 네 도움을 받았다고 한들…… 무엇이 달랐을 것 같으냐? 크윽…… 처, 천마대공은…… 회소의 용신기를 완벽히 깨달았다고 해도 쉬이 버티기 힘든 기예인 것을…… 최상승 용신기인 재생의 용신기를 손에 넣지 않는 한은……."

이어지는 흑룡의 전언.

『절명의 위기를 극복할 묘안이 있다면 너는 어쩔 것이냐?』

순간 천무외의 안색이 돌변하고.

"뭣……!"

희미한 소성을 발한 흑룡이 다시 말을 전했다.

『내 지식을 전수하면 너는 살 수 있다. 또한 기나긴 세월을 인고할 각오를 다진다면 장차 용신의 혼마저 네 곁에 봉인해 미처 배우지 못한 나머지 용신기를 모조리 깨우칠 수 있다.』

흡사 벼락같은 전율이 머리끝과 발끝으로 번져 나갔다.

"저…… 정말이냐?"

『내 혼과 완벽한 하나가 되기로 맹세한다면…… 차후 원하는 모든 것을 가르쳐 주마. 어차피 넌 다른 선택권이 없지.』

천무외는 더 생각할 것도 없이 흑룡의 제안에 응했다.

"좋다! 하지만…… 우선 내 몸을 고칠 수 있는 방법부터 말해라. 혼을 합치는 일은…… 그 다음이다."

『나를 의심하는 것이냐?』

"의심이란 표현은…… 과하군. 조심성이라…… 해 두지. 그러니 네가 먼저…… 신의 있는 행동을 보여라. 그러면 나도…… 그에 적극 보답할 것이니…… 크윽……."

『훗, 너의 그러한 심기는 나와 매우 닮았지. 오냐, 내 먼저 안배를 베풀어 굳건한 믿음을 심어 주마.』

*　*　*

"그래서…… 이후에 어떻게 되었나요?"

하연설의 물음에 검무영이 씩 웃더니 나지막이 말했다.

"어떻게 되기는, 결국 몸을 고쳤으니 여태껏 생존해 있는 거잖아."

"아뇨, 그러니까 도대체 어떤 방법으로……."

"흑룡의 혼이 잠시간 담겼던 수마인 시신의 피를 모조리 뽑아 마셨어. 물론 대천용령지체라 가능한 일이었지. 여느 고수의 경우엔 그 피를 마시자마자 즉사해 버리니까."

검무영의 그 말에 다들 경악한 표정을 지으며 말문을 잃었다.

'세상에, 그토록 긴 세월 동안 보관이 된 시신이 전혀 썩지 않은 것도 의문이거니와 체내의 피마저 마르지 않았다니……!'

문도들 모두 똑같은 의문을 품은 가운데 운몽향아가 이내 의미심장한 눈빛으로 말했다.

"흠, 수마대령의 안배라더니 그 수마인의 몸은 여느 무리와 달리 아주 특별했나 보네요."

고개를 살짝 끄덕인 검무영이 다시 입을 열었다.

"그날 이후 상처를 깨끗이 치유한 변절자는 대외적으로

자신의 죽음을 알린 다음 조용히 은거해 비밀 세력을 꾸리기 시작했어. 그게 바로 지금 우리가 알게 된 집단 용신부의 전신인 셈이지."

그때 관궁이 불쑥 물었다.

"더러운 괴물의 피가 단지 수명만 연장시킨 것은 아닐 텐데?"

"변절자는 그 피로 말미암아 몸을 완쾌한 대가로…… 수마인 고유의 역겨운 습성을 지니게 됐지."

별안간 하연설이 뇌리로 퍼뜩 와 닿는 게 있는 듯 몸서리를 치며 목소리를 더듬었다.

"서, 설마…… 인육을……."

"맞아, 왜 아니겠어. 그것이 지난 수백 년 동안 헤아리기 힘들 만큼 수많은 사람을 납치했던 이유 중 하나야. 또 다른 이유는 다들 짐작하다시피 수마인 무리를 육성하기 위함이었고."

검무영의 말이 끝나자마자 곁에 선 운몽향아가 질문을 던졌다.

"서로의 혼이 하나가 된 시기는 언제죠?"

"대략 사백 년 전으로…… 두 혼의 결합이라 말하지만, 실제론 변절자가 상대인 흑룡의 혼을 제 것으로 만들었던 거야."

"어머, 그 말씀은……."

"흑룡이 혼의 합일을 위해 수집하라고 말한 신석들, 그것을 이용해 도리어 흑룡의 혼을 제압한 다음 자신한테 종속시키듯 완벽히 섞어 버렸던 것이지. 그때 강선림을 이끄는 수장의 도움을 받았더군."

"아, 은암권황 엄언이군요."

"신석들 중 하나는 은봉권문에 보관 중이었는데, 그로 인해 둘이 인연을 맺게 된 것으로 짐작하고 있어."

직후 하연설이 중얼거리듯 말했다.

"의문의 신석들…… 그 기원이 궁금하네요."

그러자 검무영이 짧게 답하기를.

"타락한 신선의 물건이다."

별안간 다들 화들짝 놀라며 그 얼굴을 뚫어져라 보았다.

관궁이 휘둥그레진 눈으로 물었다.

"타락한 신선의 물건이라고? 어이, 그렇다면……!"

"그래, 지금 네가 생각하는 게 맞아. 내가 산적 시절에 얻었던 기이한 몽둥이의 기원과 동일하지."

검무영이 그렇게 말한 후 군율을 잠깐 응시하더니 목소리를 이었다.

"내가 예전 수마대령을 처치하고 청풍검문으로 오기 전의 행적도…… 그와 관련이 있다."

*　　*　　*

거대한 흑색 구름처럼 한데 운집한 수마인들 앞에 은암권황 엄언이 홀연 모습을 드러냈다.

"배고픈 기색이 역력하구나."

무표정한 얼굴로 내뱉는 목소리.

잠시 후, 엄언의 등 뒤쪽에 백의를 두른 강선림 소속 수하 무리가 밧줄에 묶인 여인 일백여 명을 이끌고 나타났다.

마도 무림을 정복하며 사로잡은 포로들.

포박을 당한 여인들 모두 겁에 질린 얼굴로 몸을 떠는 가운데 수하 한 명이 예를 갖추며 말했다.

"전원 몸을 깨끗이 씻겨 맛이 남다를 것입니다."

그러자 엄언이 희미한 웃음기를 머금으며 고개를 끄덕이더니 손짓을 보냈다.

"사람이든 짐승이든 원래…… 암컷의 맛이 특출한 법이지. 후훗. 자, 맘껏 먹어라. 사천성에 당도하기 전 기력을 최대한 보충해 놓아야 하니까."

동시에 수마인 무리가 괴성을 지르며 광폭한 기세로 밧줄에 묶인 여인들을 향해 돌진했다.

"크르릉!"

"우억, 우어억!"

"크하아악!"

광기가 휘몰아치는 살육의 잔치.

포박을 당한 여인들은 저항할 겨를도 없이 수마인 무리의 식탐을 충족시키기 위한 육찬으로 화했고, 일대 공간은 말 그대로 끔찍한 피바다로 변했다.

으적으적, 으적으적……!

인육을 씹어 삼키는 음향이 쉴 새 없이 들리는 가운데 엄언이 문득 고개를 뒤돌렸다. 그러자 흉맹스러운 용 문양의 장포를 두른 검수 한 명이 바람 같은 운신으로 다가오는 것이 보였다.

용신부 산하 황룡대의 대장이다.

엄언은 이내 자신의 면전에 당도한 상대를 향해 나지막이 물었다.

"모두 모였느냐?"

"예."

황룡대장은 머리를 주억이며 대답한 후 공손한 자세로 보고서를 건넸다.

그것을 받아 쥔 엄언이 즉각 종이를 좌우로 펼쳐 내용을 확인했다.

약간의 시간이 흐른 후.

읽기를 마친 엄언은 서신으로부터 눈길을 거두며 의미심장한 눈빛을 흘렸다.

"중원 무림에 심어 놓은 세작들 모두 화를 입은 모양이군. 이는 필시 용신안을 이용해 검황의 상념을 엿본 검무영이 모종의 수완을 발휘한 탓일 터."

"그렇습니다."

"꼼수나 암수 따위는 부리지 말라는 일종의 경고인가. 훗, 어차피 우리가 예상한 범주 안이다. 새삼스러울 일도 아니지. 하나 앞으론 그 어떤 변수도 통하지 않을 것이야."

"중원 무림은 지금쯤 검무영을 통해 강선림의 존재를 파악했을 테지만…… 그 힘을 제대로 가늠하긴 힘들 것입니다."

"물론."

엄언의 말이 끝나기가 무섭게 광활한 숲 저편으로부터 무수한 기척이 일더니 다양한 복색을 한 일련의 무리가 모습을 드러냈다.

휘휙, 휙, 휘휙—

수백 명이 넘는 그 인원의 정체는 바로 동룡정 유령검조구정, 남룡정 신화검공 문수를 위시한 용신부 소속의 정예무인들.

예의 전력은 이윽고 엄언 앞에 이르러 일제히 신형을 멈춰 세웠다.

"사해쌍도황한테 가는 길이냐?"

엄언의 물음에 동룡정 구정이 정중한 예를 갖추며 입을 열었다.

"검황의 명을 받들어 괴흥산에 도착하는 즉시 곤륜산으로 진격할 예정입니다. 한데 홍간무황께선 지금 어디쯤에……?"

"최종 집결지인 혈교 총단으로 먼저 떠났다. 그리고 나는 이대로 검황을 뵌 다음 주 전력과 함께 움직일 것이니라."

"아, 그렇군요. 알겠습니다."

"훗…… 장차 너희의 승전보를 기대하마."

"아무쪼록 최선을 다하여 현재 곤륜파를 중심으로 집결해 있을 것으로 짐작이 가는 강호 무림의 주요 전력을 무참히 쇄파해 버리겠습니다. 우리의 발아래 굴종한 마도 무림의 전력을 적극 활용하면 처음부터 수마인 무리를 전방에 투입할 필요조차 없을 것이라 여깁니다."

"물론 사해쌍도황을 감당할 수 있는 인물은 전무할 것이나…… 오랜 세월을 기다린 대사인 만큼 방심은 절대 금물이다. 무엇보다 대붕성의 성주 묵진겸을 각별히 경계하라. 모종의 변수는 아마도 그놈이 될 가능성이 클 테니까."

"명심하겠습니다."

대답을 마친 구정은 남룡정 문수와 더불어 휘하 전력을 이끌고 사라졌다.

직후.

엄언은 울창한 숲 너머의 저 멀리에 거인처럼 우뚝 솟아 있는 천마신교 총단을 물끄러미 바라보다가 가만히 손짓을 보냈다. 그러자 강선림 소속의 청년 한 명이 즉각 곁으로 와 섰다.

"수마인들 식사를 보고 있으니 나까지 시장하구나. 예서 잠깐 배를 채우는 것이 좋겠다."

"안 그래도 권황께 드리고자 방령의 처녀 열 명을 따로 마련해 놓았습니다."

그런 청년의 손가락이 멀지 않은 곳에 보이는 작은 동혈을 가리키는데.

엄언이 만족스러운 눈빛으로 걸음을 떼며 희미한 미소를 머금었다.

"모름지기 젊은 여인의 고기 맛이 일품이지. 청풍검문의 미녀들 고기도 어서 맛보고 싶군."

*　　*　　*

"어때요, 맛있죠?"

운몽향아의 물음에 마봉이 젓가락을 부지런히 놀리며 환하게 웃었다.

"하하! 새로운 독충으로 만든 이 요리는 정말…… 여태껏 먹어 왔던 것과 비교조차 할 수 없을 정도로 맛있소! 역시 마누라 솜씨는 천하를 통틀어 최고요!"

그 소리를 들은 백수동의 독인들 모두 울상을 지으며 속으로 외쳤다.

'젠장, 우리가 소중히 길러 온 독물을 한낱 요리로 만들어 버리다니!'

운몽향아의 요리는 바로 백수동이 자랑하는 핵심 전력 중 하나인 흡혈광편복으로 만든 것이었다.

독인 무리는 너 나 할 것 없이 원망 가득한 눈빛을 쏘았지만 입 밖으로 불만의 소리를 내뱉는 사람은 전무했다. 괜한 말로 그 심기를 건드렸다가 어떤 봉변을 당할게 될지 몰랐으니까.

—매 순간 정신 바짝 차리지 않으면 혈전을 치르기도 전에 죽을 수 있으니 명심해요. 즉 그만큼 일련의 과정이 매우 혹독할 거란 뜻이죠. 호호.

백수동 인원을 비롯한 남림의 독인 무리는 그런 운몽향

아의 살벌한 경고를 머릿속에 떠올리며 흡혈광편복 요리를 억지로 씹어 삼켰다.

한편.

하연설, 단선후 등은 음식을 우물거리며 연신 검무영의 얼굴을 힐긋 쳐다보았다.

'과연 뭘까? 궁금해 미치겠어.'

아까 점호 때 들은 이야기 때문이다.

—내가 예전 수마대령을 처치하고 청풍검문으로 오기 전의 행적도…… 그와 관련이 있다.

검무영은 앞서 타락한 신선과 관련한 사연을 가르쳐 주지 않은 채 점호를 끝내 버렸다. 그런 까닭에 적전제자 일동을 포함한 각급 문도들은 갈수록 커지는 호기심을 떨치기가 힘들었다.

그것은 간부진도 마찬가지.

결국 관궁이 궁금증을 견디지 못하고 입을 뗐다.

"검씨, 타락한 신선과 관련한 사연이 도대체 뭐야? 어? 우리도 좀 알자."

동시에 잠자코 있던 공야휘, 북리상 광뢰, 적우신 등도 젓가락질을 멈추더니 검무영의 얼굴을 주시했고, 곧이어 다른 이들 또한 약속이나 한 것처럼 동시에 눈길을 던졌다.

하나 정작 검무영은.

"어서 밥이나 먹어. 지금부터 질문하는 녀석은 사지를 잘라 버릴 거야."

그렇듯 퉁명스럽게 말한 후 성가시다는 듯 좌수를 내젓는다.

"쌍! 이럴 거면 애초 이야기를 꺼내지 말든가!"

관궁이 볼멘소리를 터뜨리자마자 장대 같은 붓대가 꾸벅 인사해 왔다.

따아악—

"큭!"

대갈통을 감싼 관궁의 면상이 벌겋게 달아오른 찰나 검무영이 묘한 눈빛으로 말했다.

"기대하지, 애늙은이."

"뭐?"

"용신비곡을 떠난 뒤로 네가 새로이 터득한 공부 말이야."

그러자 관궁이 의미심장한 표정을 지었다.

"큼…… 그건 또 언제 간파했어? 내게 용신안을 쓴 적도 없는데."

"예전 나안걸태를 죽여 없앴을 무렵에."

"옳아, 내게 가한 금제를 통해 느낀 건가?"

고갯짓으로 대답을 대신한 검무영의 두 눈이 이내 운몽향아의 옥용 위에 머물고.

"할멈 역시도."

그녀가 까르륵 웃은 후 나지막한 음성을 흘렸다.

"간파해 내실 줄 알았어요. 그렇지만…… 기대가 너무 크면 실망도 큰 법이랍니다."

어깨를 으쓱인 검무영의 입가에 희미한 미소가 맺혀 든다.

"글쎄, 두고 보면 알겠지."

일련의 대화 앞에 하연설, 단선후 등은 궁금증을 하나 더 떠안게 되었다.

'잠깐만, 그렇다면 혹시 조교님도 새로이 터득한 공부가 있는 걸까?'

다들 그런 의문을 품은 때.

아침 식사를 마친 개새가 입맛을 다시더니 꼬리를 살래살래 흔들며 운몽향아 곁으로 갔다.

"멍."

"어머나, 양이 부족하신 거예요?"

운몽향아가 눈을 동그랗게 뜨며 물은 순간 관궁이 인상을 구기며 소리쳤다.

"저 정신 빠진 개새끼를 봤나! 아침 댓바람부터 술은 무슨 술이야!"

그렇지만 개새는 싹 무시하며 운몽향아를 향해 '멍, 멍!' 짖어 댔다.

검무영이 피식하며 명하기를.

"냉큼 갖다 줘. 안 그래도 오늘부터 술을 마시게 할 참이었으니까."

그러더니 평제자들 쪽으로 시선을 옮기며 목소리를 잇는다.

"평제자 전원은 술 마신 개새한테 수업을 받게 될 거다. 물론 예전처럼 취할 때까지 마시는 것은 금할 참이니 너무 무서워할 필요는 없어. 그렇게 수업이 순조롭게 끝나면…… 너희들 모두 일신의 내공 수위가 몰라보게 상승해 있을 거야. 불만 없지?"

표필, 윤결 등 평제자 일동은 잠시간 멍한 표정을 짓다가 저마다 머리를 끄덕거리며 입을 모아 대답했다.

운몽향아가 이내 술병을 꺼내 왔을 때.

벌컥—!

홍청, 망청이 갑자기 식당 문을 열고 안으로 발을 들였다.

"흐엉!"

“꾸어엉!”

게다가 홍청은 웬 커다란 병풍을 접어 옆구리에 낀 상태였다.

두 곰은 그렇게 뒤뚱뒤뚱 움직여 개새가 자리한 곳으로 와 바닥에 궁둥이를 붙이고 앉았다.

저것들, 지금 뭐하는 거지?

일동이 그렇게 고개를 갸웃거린 순간 개새가 무형지기로 술병을 둥실 띄워 올리며 짖었다.

“멍, 멍멍, 멍.”

질세라 호응하듯 고함치는 홍청, 망청.

“허엉!”

“크허엉!”

직후 홍청이 접혀 있던 병풍을 펼치자 복숭아꽃이 흩날리는 그림이 드러났다.

뒤이어 차례로 팻말 두 개를 번쩍 들어 보이는데.

〈우리가 비록 한날한시에 태어나진 않았지만, 한날한시에 죽기를 기원하며 서로 피를 나눈 것과 같은 형제가 되기로 술병 앞에 맹세하리다!〉

〈오오! 이것이 말로만 듣던 도원결의(桃園結義)가 아니랴! 촉한의 유, 관, 장 삼형제는 잊어라! 이제 우리가 위

대한 혈맹의 전례를 남길 터이니! 자, 다들 전의를 불태우자!〉

그것을 본 관궁은 어이가 없다는 얼굴로 고개를 절레절레 흔들었다.

"큭, 미친 것들. 지랄병이 갈수록 심해지는군."

* * *

시간은 빠르게 흘러 이십일 후.

사해쌍도황 섬맹을 비롯한 강선림과 용신부. 그리고 굴종을 당한 마도 무림 전력이 청해성 곤륜산 부근에 이르러 전열을 가다듬었다. 그 합한 인원은 무려 수만을 헤아릴 만큼 많았으며, 그것도 모자라 수천에 달하는 수마인 무리까지 대동한 채였다.

섬맹이 저 멀리에 우뚝 솟은 산봉을 응시하며 입꼬리를 히죽 말아 올렸다.

이어지는 살기 가득한 목소리.

"비로소 피의 축배를 들 때가 되었구나! 크흐흣."

그러더니 손짓을 보내며 전성으로 명했다.

『자, 본좌를 따르라!』

第二章
대전(大戰)의 서막(序幕)

섬서성 남서쪽에 위치한 고도, 한중.

운무가 넘실거리는 산줄기를 따라 푸른 갓을 쓴 봉우리 수십 개가 우뚝 치솟은 이곳의 험한 지세는 가히 난공불락의 요새를 보는 듯했다.

발길이 닿는 곳마다 구불구불한 잔도가 이어지고, 또 눈길이 닿는 곳마다 천 길도 넘는 벼랑이 병풍처럼 둘린 한 곡지에 어마어마한 크기를 자랑하는 건물 한 채가 보였다.

웅장한 폭포수가 쏟아져 내리는 일백 장 높이의 절벽 위에 자리를 잡은 이 육 층 전각은 바로 예전 구유사신 번암의 죽음과 더불어 폐문을 당한 단두혈맹 총부였다.

한때 중원 대륙에 도합 여덟 개의 지부를 두었던 단두혈맹의 위세는 완전히 사라지고 없지만, 그 대신 정파와 사파의 각계를 대표하는 고수진이 이곳에 포진했다.

대붕성주 천붕대검존 묵진겸을 비롯한 존자 반열의 초인들, 그리고 각 무문의 정예 전력이 이렇듯 한데 모여 장차 용신부를 상대로 치를 혈전을 대비 중인 것이다.

전각 꼭대기의 널따란 망루.

사방이 탁 트인 공간에 서른 명 남짓한 무인이 원진을 이루듯 선 채로 대화를 나누었다.

"사천성의 전력도 지금쯤이면 분명 모든 준비를 끝냈을 터……."

묵진겸이 수염을 쓰다듬으며 그렇게 말하자 하늘빛 무복을 두른 노검수가 고개를 주억였다.

"조만간 검 교두님의 기별이 올 것이외다."

사상존의 일인이자 현 남궁세가의 가주인 창궁검존 남궁시성이다.

뒤이어 유난히 큰 체구를 자랑하는 중년 무인이 가만히 입을 열었다.

"곤륜파를 중심으로 최전선에 구축해 놓은 우리 측 진영이…… 아무쪼록 예의 계획대로 움직여 주길 기대하고 있소."

현 흑운무궁의 궁주 흑운신패 태사진의 말.

신수야장 당능통이 절륜한 솜씨를 발휘해 만든 갑주가 햇살 아래 반짝이는 가운데 그의 체외로 무형의 기도가 사나운 파도처럼 일어났다. 마치 강호의 공적인 용신부 무리가 어서 빨리 제 눈앞에 나타나기를 바라듯 더할 나위 없이 강렬한 눈빛이었다.

우수에 들린 흑운무궁의 신물 오흑철창이 미약한 떨림을 자아내며 태사진의 투지를 대변하자 옆쪽에 선 육십 대 검수가 희미한 미소로 나지막이 말했다.

"당금 사파 무림의 양대 하늘로 불리는 사상존 내의 두 초인이 이렇듯 합심하여 손을 맞잡은 채 버티고 있으니…… 정말 뭐라 형언하기 힘들 정도로 믿음직스럽구려. 훗, 이는 결코 빈말이 아니오."

존자 반열에 이름을 올린 정파 성하상무궁의 궁주 유성검신 임총이었다.

태사진이 고개를 가로저었다.

"나 또한 그대와 다르지 않소. 솔직히 말해, 정파의 내로라하는 고수진이 없었다면 본 궁도 전의를 불태우기 힘들었을 것이오."

호전적인 성격의 소유자답게 흡사 발톱을 세운 맹수와 같은 기세를 발산하고 있으나 그 이면엔 여태껏 상대해 보지 않은 미증유의 적에 대한 긴장감도 엄연히 존재했다. 하지만 남궁시성, 임총 등 정파의 상위 고수진으로 말미암아 불안한 마음이 어느 정도 놓였고 나아가 큰 버팀목처럼 의지도 되었다.

묵진겸이 이내 진중한 표정으로 말했다.

"평화란 것이 얼마나 소중한 건지…… 이 몸이 너무 늦게 깨우쳤소이다. 사천청풍대회를 이용해 강호의 분쟁을 꾀한 나 자신을 지금도 반성하고 있소."

직후 천환신문의 문주 환우비영신 좌헌이 말을 보탰다.

"이 혈전이 끝나고 나면 우리는 지금까지 없던 새 화합의 길을 열 수 있을 것이라 여기오."

묵진겸이 그 말에 동의하듯 고개를 끄덕인 후 목소리를 이었다.

"내게 큰 가르침을 주신 검 교두님께 그저 감사할 따름이오."

그러자 남궁시성이 의미심장한 표정을 지었다.

"어디 그뿐이오? 묵 성주는 성찰의 깨달음 외에 한 가지를 더 얻었잖소."

하늘이 허락한 자만 이룰 수 있다는 내가 공부 극상의 경지인 환골탈태의 성취를 뜻하는 말.

묵진겸은 조용히 미소를 그리다가 곧 읊조리듯 낮은 음

성을 내뱉었다.

"내 명예를 걸고 맹세하리다. 새로이 얻은 이 힘으로 용신부를 반드시 멸해 보이겠다고."

그때.

푸드덕푸드덕—

일동의 귓전에 와 닿는 새의 날갯짓 소리.

남궁시성이 두 눈을 빛내며 허공을 바라보았다.

"검 교두님의 전서구가 당도한 모양이오."

동시에 묵진겸이 팔을 내뻗자 비둘기 한 마리가 작은 죽통을 매단 채로 그 위에 내려앉았다.

딸가닥—

죽통의 뚜껑을 열자 짧은 문장이 적힌 종잇조각이 튀어나왔다.

<강선림의 수장들 중 하나가 통솔하는 전력이 곤륜산에 당도했을 것이다. 앞으로 보름, 그 기한 내에 모든 싸움을 끝낼 것이니 전원 희생을 각오하고 최선의 힘을 다해 맞서도록 해.>

검무영이 보낸 급신이다.

"드디어…… 강호 무림의 존망이 걸린 대전이 막을 올렸구려."

그렇게 말한 묵진겸이 좌측 허리에 걸린 붕백의 칼자루를 가만히 검쥐더니 일동을 보며 재차 목소리를 발했다.

"우리가 한마음으로 힘을 합친 이상 이곳은 장차 용신부의 무덤이 될 것이오."

* * *

곤륜파의 경내, 그리고 그 주변에 큰 종소리가 메아리처럼 울려 퍼졌다.

뎅, 뎅, 뎅, 뎅, 뎅—

그것은 적이 이곳에 닥칠 때를 대비해 미리 약속한 신호였다.

시간이 얼마 지나지 않아 소림사의 장문 방장 신무불 해각을 비롯한 정파, 사파의 상위 고수진이 곤륜파 중앙의 널따란 마당에 모여 섰다.

중인과 마주하고 선 곤륜파 장문인 운해검노 진수가 다급히 입을 열었다.

"적이 이곳에 당도했소! 개방의 천라지망이 급속도로 무너지고 있다고 하오! 각 무문은 지금 즉시 예정대로 움직이시오."

아니나 다를까, 저 멀리의 숲으로부터 사나운 굉음이 잇달아 터져 나왔다.

퍼버벙, 퍼버버벙— 우르릉, 쿠쿵! 꽈과과광, 꽈과과과광, 꽈광……!

마치 곤륜산 전체가 진동하는 듯하다.

낯빛을 굳힌 해각이 굵은 염주 알을 굴리며 말했다.

"노납이 최선두를 맡겠소."

그는 말을 끝내기가 무섭게 내공을 운용하더니 소림사 최상승 경공술 중 하나인 불영보(佛影步)를 펼쳐 순식간에 모습을 감췄다.

질세라 무당파의 장문인 태극무존 청허진인을 비롯한 정파, 사파의 여러 고수 전원이 누가 먼저랄 것도 없이 날렵한 운신을 전개했다.

진수는 이내 마당 한옆에 도열한 문중 검수 무리를 바라보았다.

"다들 각오는 되었느냐?"

"예!"

입을 모아 대답하며 두 눈을 뜨겁게 빛내는 일동.

검을 움킨 진수가 일신의 공력을 이끌어 내더니 목청을 돋워 외쳤다.

"가자!"

*　*　*

"컥!"

"으아악!"

"욱!"

"끄극……!"

역겨운 혈향과 함께 쉴 새 없이 들리는 비명들.

무려 일천 명에 달하던 개방의 정예 전력은 불과 반각도 버티지 못하고 절반으로 줄어 버린 상태였다.

슈아앗, 슈아아앗, 슈아아아앗—!

황룡대의 대장은 연거푸 멸절의 용신기를 뿌려 개방도 이십여 명의 몸통을 무참히 쪼갰고, 휘하 검수들 또한 동일한 참격을 구사하며 포위진을 뚫었다.

히죽 웃은 황룡대장이 전성을 터뜨렸다.

『전원 이대로 멈추지 말고 진격하라! 금일 곤륜파를 포함한 중원 무리는 우리의 칼 앞에 모조리 귀신으로 화할 것이야!』

바로 그때 누군가의 전성이 마주 터져 나오고.

『하! 누구 마음대로!』

뒤이어 한 인영이 질풍처럼 황룡대장의 정면으로 쇄도해 들었다.

파아아아아아아아—!

예의 인영이 십 보 거리로 육박해 좌권을 신속히 내지르자 묵직한 경기가 발출되었다.

개방의 절기 파옥신권(破玉神拳).

황룡대장은 눈 하나 깜빡하지 않고 우수에 쥔 검을 세차게 휘둘렀다. 그 횡단의 검격이 내뿜은 멸절의 용신기는 단숨에 파옥신권을 쇄파해 버리더니 멈추지 않고 나아가 인영의 팔을 절단했다.

푸하악……!

핏물을 흩뿌리며 바닥을 뒹구는 팔.

"커억!"

통성을 흘리는 인영의 정체는 개방의 방주 취권신개 등방이었다.

"앗!"

"방주님!"

멀지 않은 곳에 있던 개방의 두 장로가 화들짝 놀라며 적을 뿌리치더니 등방의 신형을 부축했다.

"크…… 나는 괜찮다!"

황룡대장은 여유를 주지 않았다.

파팟!

지면을 박찬 그가 쾌속하게 간극을 압축해 들며 재차 멸절의 용신기를 구사했다.

슈아아아아아아아아—

공기를 찢어발기는 파공음.

번쩍이는 용의 모습을 한 육중한 검력 앞에 등방과 두 장로는 그대로 동강이 나 버릴 듯했다.

그 순간.

"합!"

우렁찬 기합과 함께 불쑥 등장한 해각이 쌍수를 휘두르자 찬란한 금광의 장력이 폭발하듯 번지며 멸절의 용신기를 가로막았다.

퍼어어어어어엉……!

두 기운의 충돌에 의해 반경 십 장 공간이 마구 뒤흔들렸고 깨진 나무와 바위의 잔해가 허공으로 비산했다.

"그대는 더 이상 나아가지 못할 것이니라."

경고하듯 말한 해각의 체외로 금빛 아지랑이가 일렁거린다.

불광대승신공(佛光大乘神功).

소림사가 자랑하는 절륜한 기공들 중 하나.

황룡대장은 존자 반열인 강자의 등장에 살짝 긴장했다.

'저 노승의 힘은 결코 녹록하지 않지!'

호홀지간.

뇌성 같은 소리가 사방 공간을 울렸다.

우르르르르르르릉!

뒤이어 황룡대장 곁에 한 인영이 귀신처럼 나타나 섰다.

일순 해각의 낯빛이 일변했다.

'음! 저 인물은…….'

쌍도를 움킨 채 막강한 무형의 기도를 내뿜는 예의 무인은 바로 사해쌍도황 섬맹이었다.

"후훗. 첫 번째로 죽게 될 존자는 소림사의 땡추로구나."

우웅, 우웅…….

두 손에 움킨 도가 세차게 진동한 찰나 늘씬한 칼날을 따라 백색의 기파가 춤을 추듯 어지러이 퍼져 나왔다.

막강한 기운을 견디지 못한 지면이 금을 그리며 통성을 지르고.

쩌적, 쩌저적, 쩍, 쩌적……!

두 발로 딛고 선 자리를 중심으로 주위의 경물이 투명하게 일그러져 보이기 시작했다.

해각은 일신에 보유한 내공을 최대로 이끌어 내며 상대를 향해 나지막이 물었다.

"혹 사해쌍도황…… 아니시오?"

그러자 황룡대장이 대신 고개를 끄덕이며 말을 받았다.

"소림 방장이여, 설마 도황의 힘을 감당할 수 있으리라 여기는 것인가? 예서 당장 무릎을 꿇고 투항하면 적어도 목숨만은 건질 수 있을 것이야."

해각은 짧게 혀를 차더니 곧 정면의 상대를 향해 걸음을 옮겼다.

"위대하신 불존 앞에 권선징악(勸善懲惡)의 길을 걷기로 맹세한 이 몸이 어찌 사악한 무리한테 무릎을 꿇겠느냐."

이내 섬맹이 씩 웃더니 마주 앞으로 나아갔다.

"죽기를 택했으니…… 본좌가 친히 하나의 절기를 꺼내 보이도록 하마. 그 두 눈깔에 깊이 새기고 성불하거라."

환우벽개도식(寰宇劈開刀式).

사해쌍도황의 표상이자 강호 역사를 통틀어 으뜸으로 치는 도법.

섬맹은 과거 독문 무학인 환우벽개도식을 앞세워 사파 무림의 패자로 군림했으며 동시대 정파 최고수 진조와 더불어 황의 칭호를 얻었다. 한데 지금 이 순간, 일신의 무를 상징하는 그 초절한 도법이 다시금 맹위를 떨치기 위한 기지개를 켰다.

짙은 살기를 발산하며 나아가는 섬맹과 금빛 기류를 뿜으며 나아가는 해각의 눈빛이 거리를 격해 마주치고.

펄럭!

천이 흔들리는 풍성과 함께 해각이 먼저 빠르게 돌진했다.

창졸간에 좁혀지는 간극.

그렇게 해각이 좌장을 세차게 내밀자 그 손바닥 복판으로부터 금광이 흡사 강이 범람하듯 상대를 노려 폭사되었다.

파아아아아아아—!

불광대승신공을 운용한 내력이 실린 소림사의 칠십이절예 대반야장(大般若掌)이다.

동시에 섬맹이 쌍수의 도를 놀려 팔자(八字) 형태로 교차했다.

쩌어어엉— 꽈르르르릉!

대반야장이 그 쌍도의 날을 두드리자 금속성과 파공음이 잇달아 터져 나오며 기파의 잔해가 사위로 번졌고 등황색 흙더미가 허공으로 치솟아 시계를 어지럽혔다.

뒤이어.

"음!"

짤막한 소리를 내뱉은 해각이 발바닥으로 지면을 긁으며 십 보 거리로 밀려나 섰다.

반면 섬맹은 후퇴는 고사하고 반보 남짓한 작은 움직임조차 없다. 마치 땅 깊숙이 뿌리를 내린 것처럼 견고한 자세인데.

'과연 황의 칭호를 거머쥔 자……!'

해각은 정심한 빛이 가득한 두 눈을 번뜩이더니 내공을 한 단계 위로 끌어올렸다. 그러자 가사가 크게 부풀며 세차게 나부꼈고 금광이 다시 한 번 전신을 감쌌다.

앞서와 동일한 금빛 기류.

하나 기감에 와 닿는 공력의 크기는 사뭇 달랐다.

불광대승신공이 아니다.

바로 신무불이란 별호의 위엄을 대변하는 절륜한 기공 대승범천신공을 운용한 것이다.

해각이 발을 구르자.

쾅!

땅이 큰 소리를 내며 움푹 꺼졌고 그 신형은 순식간에 상대의 오 보 앞까지 육박했다. 그렇게 우권을 쾌속히 내지르자 대승범천신공 고유의 힘이 웅대한 권경으로 화해 뻗어 나왔다.

후우우우우우웅!

주먹을 중심으로 소용돌이치는 경력의 파도.

신성한 불력으로써 흉악한 마귀를 굴복시킨다는 뜻을 가진 칠십이절예의 하나 복마권이다.

찰나 섬맹이 재차 쌍도를 교차하자.

꽈아앙—!

육중한 권경이 두 개의 칼날과 부딪치며 굉음을 토했고 기파의 잔해가 커다랗게 퍼지며 투명한 파문을 일으켰다.

반탄지력에 밀려 몇 걸음을 후퇴한 해각은 대승범천신공을 운용한 공세를 멈추지 않았다.

스스스스슷…….

소금쟁이가 수면 위를 미끄러지듯 전진하는 해각의 신형.

일위도강(一葦渡江).

과거 사조 달마가 갈대 한 묶음에 몸을 실어 장강을 건넜던 극상 수준의 경신 보법이 그 절륜한 묘용을 드러내는 순간이었다.

해각은 쾌속함과 유연함이 조화를 이룬 운신으로 상대의 좌측을 돌아 나가 우수를 놀렸다.

슈우웅!

날카로운 칼날인 양 직선으로 떨어져 내리는 칠십이절예의 수공인 달마십팔수가 그 고강한 위력을 경고하듯 풍성을 토한다.

정작 섬맹은 미동조차 없었다.

단지 쌍도를 움킨 손만 가볍게 흔들었을 뿐.

퍼어어어어엉!

공간을 떨쳐 울리는 폭음이 터졌다.

달마십팔수의 일초가 눈에 보이지 않는 기막에 가로막히는 소리였다.

해각은 자신의 몸을 뒤흔드는 듯한 반탄지력을 견디며 달파십팔수의 여러 초식을 잇달아 뿌렸다.

슈우웃, 후우웅, 슈슛, 후웅, 후우웅!

좌우, 상하를 쉴 새 없이 오가며 직선과 곡선을 그리는 수공이 날카로운 음향을 연주하며 시계를 어지럽히고 든다.

퍼버버버버버벙!

뿌연 수영(手影)이 난무하는 공세 앞에 섬맹이 무형지기를 이용해 발출한 기막이 투명한 흔들림을 보이며 폭성을 터뜨리는 가운데.

파팟—

개방의 두 장로는 한쪽 팔을 잃은 개방주 취권신개 등방을 부축한 채 신속히 후방으로 향했다. 그렇게 한 나무 밑으로 몸을 피하자마자 장로 하나가 황급히 입을 열었다.

"방주님, 지혈부터……."

현 개방의 장로들 중 으뜸이자 등방에 버금가는 무력을 보유한 선풍개(旋風丐) 이열(李閱)이다.

"크윽…… 내 꼴이 참으로 말이 아니군."

등방이 괴로운 표정을 지으며 고개를 숙였다.

새삼 흉중에 깃드는 두려움.

용신부의 이름 아래 모인 검수들 힘은 실로 가공스러웠다. 아직 수마인 무리가 나서지도 않았는데 개방의 정예 일천 명 가운데 반 이상이 그들 검력 앞에 허무히 전사해 버렸잖은가.

“상대는 사해쌍도황이 아닙니까. 어지간한 초고수도 대적하기 힘들지요.”

굳은 낯빛으로 말한 이열이 점혈 솜씨를 발휘해 상처를 지혈한 찰나 등방이 다시 입을 열었다.

“자, 어서 이것을 받아라.”

직후 방주의 위를 대변하는 신물 타구봉을 조용히 내미는 그.

몸을 움찔한 이열이 손사래를 쳤다.

“어, 어찌 이러십니까?”

“어서!”

등방의 호통 같은 목소리에 이열은 어쩔 수 없이 타구봉을 받아 쥐었다.

“지금부터 내 안위는 신경 쓰지 말고…… 이 타구봉으로 본 방의 잔여 전력을 통솔하여 일련의 작전에 차질이 생기지 않도록 하라!”

방주의 권한을 이열한테 위임한다는 뜻.

"목숨을 바쳐 명을 수행하겠습니다."

그때 등방이 희미한 미소를 머금더니 짐짓 농을 건넸다.

"이 장로, 그대가 예서 죽으면 본 방은 장차 말 그대로 거지꼴을 면치 못할 것이야."

그러자 이열의 안광이 일순 무겁게 가라앉았다.

"방주님……."

"괜한 감상에 젖을 때가 아니다. 자, 서둘러 움직여라."

등방의 말이 끝나기가 무섭게 이열은 타구봉을 쥔 손에 힘을 꽉 주며 무언의 눈빛으로 화답한 후 일신의 장기인 선풍신법(旋風身法)을 펼쳐 모습을 감췄다.

이곳에 남은 장로 벽운도개(碧雲刀丐) 견사(甄捨)가 걱정스레 물었다.

"혹 내상까지 입으셨습니까?"

등방이 침울한 얼굴로 고갯짓을 보내고.

"후우…… 고작 한 번의 검기에 당했을 뿐인데…… 체내 기혈의 삼분지 이가 뒤엉켜 버렸어."

"일단 곤륜파 경내로 모시겠습니다."

한데 그 순간.

휘리릭—

귓전을 스치는 풍성과 동시에 백색 방포를 두른 인영 하나가 불쑥 나타났다.

대략 십 보 남짓한 거리의 전방.

흉맹스러운 용 문양을 가진 차가운 인상의 노검수가 입매를 비틀며 나지막한 음성을 흘렸다.

"개방의 명운도 예서 끝이로구나."

등방과 견사가 흠칫하자 예의 검수가 우수에 들린 검을 비스듬히 기울여 세웠다.

"날 기억하느냐?"

살기가 가득 실려 있는 물음 앞에 견사가 즉각 극성의 내공을 이끌어 내며 외쳤다.

"명색이 천중팔절의 일인이 어찌하여 타락한 무리와 손을 잡았소! 강호의 여러 후배들 보기가 부끄럽지도 않단 말이오?"

눈앞에 등장한 상대의 정체는 전대 무림을 호령했던 유령검문의 초대 문주이자 현 용신부의 동룡정 유령검조 구정이었다.

"후훗, 부끄럽다니? 하늘처럼 위대하신 검황과 더불어 전무후무한 패업을 이루게 될 영광스러운 길을 밟아 나가는 중인데…… 그것이 가당키나 한 말이냐?"

돌연 그의 손에 들린 검신이 사납게 경련한다.

우우우웅―

떨리는 칼날을 따라 일렁이는 빛의 기류.

그것은 곧 찬란한 광채를 발하는 멸절의 용신기로 화했다.

쿠구구구구, 쿠구구구구구—

구정이 내뿜은 무형지기가 일대 숲의 대기를 사납게 뒤흔든다.

순간 등방이 곁의 견사를 향해 전음을 보냈다.

『견 장로, 내세에 다시 만나거든 맛있는 술이나 한잔하지.』

그러곤 일신의 모든 힘을 모아 땅을 박찬다.

파박!

등방의 신형이 질풍처럼 쏘아진다.

뒤따라 견사도 발바닥으로 내력을 폭사하며 경공술을 전개했다.

파파파파, 파파파파파—

개방의 두 고수는 단숨에 간극을 좁히며 각기 권법과 도법의 초를 뿌렸다.

하나 구정의 손속이 더 빨랐다.

슈아아아아아앗!

전방 공간을 횡단하는 참격.

섬뜩한 파공음을 터뜨린 멸절의 용신기는 그대로 등방과

견사의 몸통을 무참히 절단했다.

푸학, 푸하악……!

무참히 찢겨 나가는 시신 조각들, 그리고 사위로 번지는 시뻘건 핏방울들.

개방을 대표하던 두 고수는 제대로 된 초식을 구사해 보지도 못한 채 허무한 죽음을 맞고 말았다.

구정이 엷은 조소를 띤 순간 한옆으로부터 사십 대 여검수 하나가 번개처럼 육박해 들었다.

현 유령검문의 문주 유령검비 종려몽이다.

"차앗!"

기합을 내지른 그녀의 검이 춤을 추듯 움직였다.

쉬쉬쉭, 쉬쉭, 쉬쉬쉭—!

유령이십사검을 전개한 것이다.

손놀림을 따라 유령무화, 유령미몽, 유령비산 등 각종 초식이 불을 뿜고.

채챙, 채채챙, 챙—!

따가운 금속성이 연이어 메아리쳤다.

구정은 일련의 검초를 손쉽게 방어한 후 진각을 쾅! 밟았다. 그 육중한 힘에 의해 종려몽의 몸이 일 장 뒤로 빠르게 튕겨 나갔다.

"으흑!"

내상을 입은 걸까.

입 밖으로 비릿한 선혈이 쏟아져 나온다.

구정이 두 눈을 매섭게 빛내며 이기죽거렸다.

"제자가 감히 사부한테 검을 겨누느냐."

한쪽 무릎을 꿇은 종려몽이 이를 빠드득 갈며 소리쳤다.

"사제의 연은 이미 끝났다!"

그러자 구정이 징그럽게 히죽 웃으며.

"나도 마찬가지이니라. 그만 저승으로 가거라."

찰나 유령검문의 문도들 삼십여 명이 포위망을 치듯 진을 이룬 채 쇄도해 왔다.

하나.

슈아아앗, 슈아아아앗—!

멸절의 용신기는 접근을 허락하지 않았고, 그들 모두는 짧은 비명을 지르며 싸늘한 주검으로 변했다.

직후 구정이 표홀한 운신을 펼쳐 종려몽의 면전으로 가 멸절의 용신기가 맴도는 칼날을 그어 내렸다.

슈아앗—!

가히 소름 끼치는 파공음.

종려몽이 급한 대로 검을 위로 쳐들었지만 상대의 검력은 꽈작! 하며 칼을 깨부수곤 머리를 시작으로 그 몸통을 반으로 쪼개 버렸다.

사파의 유명 여검수도 그렇게 유명을 달리하고.

검을 아래로 기울인 구정이 싸늘한 목소리로 시신이 된 종려몽을 비웃었다.

"후…… 네 따위가 무슨 내 제자란 말이냐."

그때 멀지 않은 곳에서 누군가의 육방전성이 터져 나왔다.

『내가 상대하지.』

구정이 고개를 꺾은 순간 멀지 않은 곳에 당대 강호의 존자인 무당파 장문인 청허진인 사손이 모습을 드러냈다.

이내 구정이 한층 짙은 살기를 토하며 중얼거렸다.

"태극무존이라…… 그래, 네 녀석 정도는 되어야 죽이는 재미가 있지."

사파 출신의 구정, 정파 출신의 사손.

삼십여 년 전 무림을 호령한 천중팔절의 일인과 당금 강호의 정점에 서 있는 존자 반열 강자의 만남.

이전 시대의 강호를 군림한 초인과 현 시대를 상징하는 초인은 그렇게 이십 보 남짓한 거리를 두고 정면 대치한 채 앞으로 두 번 다시 구경하기 힘든 격돌을 예고해 왔다.

사손의 등장과 동시에 주변 전황도 새로운 국면을 맞았다.

무당파를 필두로 화산파, 공동파, 종남파, 태산파 등은 한발 먼저 여기 당도한 소림사를 도와 적에 맞섰고 맹호팽가, 모용세가, 수양무전, 자월검파 등 다른 정파 세력도 저마다 앞서거니 뒤서거니 핏빛 전장의 복판으로 뛰어들었다.

대천승검장, 사공검가, 음산파, 표풍부, 속검문 등 사파가 꾸린 전력은 그러한 정파를 지원했고 각 무문을 대표하는 고수진은 일신의 무공을 가감 없이 발휘하며 전세의 균형을 맞춰 나갔다.

용신부 무리는 중원 무림 쪽의 인원수가 급증하자 마구잡이식으로 돌진하던 진용을 수습한 후 합격진처럼 질서정연한 형태의 전술을 전개했다.

황룡대를 포함한 세 개의 검대와 그 예하의 호룡검단, 추룡검단 등 다섯 개의 검단은 일사불란한 움직임으로 공세의 압박을 높였고 새로이 합류한 마도 무림 세력들 역시도 용신부 무리를 따라 각종 마공을 구사해 정파, 사파 연합 전력을 향해 강공을 퍼부었다.

푸른 대지 위로 복잡하게 뒤엉킨 양 진영의 무인들, 온갖 병기가 시끄럽게 맞부딪치는 소리들, 그리고 잇달아 터져 나오는 단말마의 비명들…….

예의 평화로움을 잃은 곤륜산의 광활한 숲속엔 오직 혈향을 퍼뜨리는 투기와 살기만이 가득할 뿐이다.

스르릉.

사손이 검을 뽑아 들자 그 신형을 감싼 도포가 펄럭! 하고 나부끼더니.

츠츠츠츠츠—

들릴 듯 말 듯 미약한 음향이 울리며 푸르스름한 기파가 체외로 부드럽게 번져 나온다.

구정의 눈동자가 이채를 뿜었다.

뒤이어 얄팍한 입술을 비집고 나오는 나지막한 목소리.

“호오, 시작부터 무당파 상승 절기를 꺼내 보이려는 것인가.”

지금 사손이 발하고 있는 푸른 아지랑이는 무당파의 고절한 내가 공부 중 하나인 태청무극공(太淸無極功) 특유의 기운이었다.

구정은 단번에 그것을 파악해 냈다.

의당 그럴 수밖에, 그는 과거 천중팔절로 위명을 떨치던 시절에 무당파의 장문인 명현도장(明玄道長)과 비무를 가지며 태청무극공을 경험한 바 있으므로.

고강한 내력을 이끌어 낸 사손이 말을 받았다.

“명색이 전대 무림을 호령한 선배와 마주한 자리인데…… 후배 된 몸으로서 대접을 소홀히 하면 도리가 아닐 터.”

그러자 구정이 우수에 쥔 검으로 내공을 주입하며 입꼬리를 씰룩 올렸다.

"훗, 사부의 진전을 이은 제자의 솜씨가 자못 궁금하구나."

명현도장의 제자가 바로 당대 장문인 청허진인 사손이라 그리 말한 것이다.

두 초인의 육중한 무형지기가 몸부림을 치듯 만나 일대 공간을 투명하게 일그러뜨리고.

쿠구궁…… 쿠구궁…….

뇌성과 같은 소리가 주변 대기를 흔들어 댄다.

일촉즉발의 순간.

먼저 행동을 보인 쪽은 사손이었다.

스슥—

작은 동작으로 바람처럼 나아가는 신형을 따라 푸른 기파가 일렁일렁 춤을 춘다.

하늘을 감싸고 흐르는 구름처럼 더없이 표홀한 그 운신은 바로 무당파 조사 장삼봉이 남긴 진전인 유운신법(流雲身法)이었다.

눈 깜짝할 사이에 상대와의 간극을 좁힌 사손의 우수가 상대의 앞을 노려 곡선을 그렸다.

쉬이이이익—

미풍에 날린 천이 휘어지듯 더없이 유연한 검세.

무당제일지보(武堂第一之寶) 건천검(乾天劍)을 통해 사문의 오랜 검학 태극혜검(太極慧劍)의 검초 일식이 전개되었다.

운검수채순세(運劍須採順勢).

구정도 질세라 유령검법의 검초로 대응했다.

퀴이잉—!

기이한 음향을 터뜨리며 희뿌연 잔상을 파생하는 칼날.

유령검법의 고유한 현상이다.

흰 안개처럼 궤적을 뿌리는 검신과 운검수채순세의 곡선을 그리는 검신이 맞부딪치자 까아앙! 하는 금속성과 함께 시뻘건 불통이 튀었다.

여느 무인이었다면 그 충돌한 힘에 의해 팔이 뒤로 밀리거나 꺾이고 말았으리라.

그렇지만 사손은 달랐다.

태극혜검을 상징하는 이유제강(以柔制剛)의 묘용으로 예의 충격력을 흡수해 버리듯 단숨에 흐트러뜨려 버린 것이다.

건천검이 다시 부드러운 곡선을 그리며 상대의 옆구리로 쇄도해 갔다.

저취시검지신야(這就是劍之神也)란 초식이다.

안광을 번뜩인 구정이 마주 검을 놀리자 그 칼날 주위로 백색 기류가 회오리치며 말 그대로 유령처럼 내밀한 검기를 토했다.

퀴힝, 퀴히이잉—!

서로의 검초가 한데 만나자마자 사나운 파공음이 터졌고 둘이 딛고 선 지면은 커다란 웅덩이처럼 움푹 꺼져 내렸다.

퍼퍼퍼퍼퍼퍼펑…….

직후 사손의 검세가 다른 변화를 일으켰다.

상대를 앞에 두고 원을 그리는 검극.

한없이 가벼운 깃털인 양 작은 소리조차 내지 않고 부드럽게 움직이는 칼날이 큰 동그라미를 만들며 구정의 전신을 감싸고 들었다.

퀴쿵!

성난 유령처럼 괴성을 토하는 구정의 검.

희뿌연 검영을 동반한 검기가 사손이 그려 낸 검원세(劍圓勢) 복판으로 쏘아져 나간다. 그 일초로 단숨에 쇄파해 버릴 요량으로.

그렇듯 서로의 검초가 충돌하나 싶은 찰나.

스스스스스…….

서로의 검세가 충돌하는 파공음 따위는 일절 들리지 않았다.

구정이 발출한 백색의 검기가 예의 부드러운 검원세 앞에 이르자마자 가루가 되듯 사워로 흩어진 까닭이다.

이유제강의 묘용, 그 고유의 힘을 극대화한 검초가 진가를 발휘한 순간이었다.

돌연 구정의 눈이 묘한 빛을 띠었다.

감탄의 반응일까.

기실 사손은 어릴 때부터 수십 년에 한 번 나올까 말까 한 재능이란 찬사를 들었으며 약관이 되기도 전에 전국적인 고수로 성장해 큰 명성을 얻었다. 또한 천중팔절이 사라지자마자 강호의 새로운 질서를 세울 최강자 후보로 꼽히며 태극무존이란 별호와 더불어 존자 반열의 한 자리를 차지했을 만큼 절륜한 무인이었다.

비록 사상존의 그것에 미치진 못한다고 해도 전대 무림의 천중팔절과 비교했을 때 결코 그 아래라 할 수 없는 존재였다. 그에 과장을 조금 더 보태 불세출의 검수라 칭해도 과언이 아니었다.

구정은 생각했다.

제 눈앞의 사손은 이미 생전의 사부 명현도장이 선보였던 무위를 까마득히 넘어 섰다고.

만약 용신부와 연을 맺으며 새로운 힘을 얻지 않았다면 처음부터 매우 조심스럽게 접근했을 것이고, 또 합을 거듭하며 손속이 어지럽게 변했을 것이다.

사손은 검원세를 거두기가 무섭게 건천검으로 또 하나의 커다란 원을 그렸다.

태극의 요체인 검원세.

구정은 유령이십사검의 절초를 연거푸 뿌렸고, 그때마다 하나의 검원세가 사라지기도 전에 새로운 검원세가 일어났다.

마치 널따란 호수의 수면에 돌멩이를 던져 넣는 것 같은 공방이다.

두 초고수가 쉬지 않고 이십 초를 교환한 후 거리를 벌려 섰을 때.

"유령이십사검으론 날 꺾기 힘들 것이다."

사손은 그 말과 함께 태극혜검 최후 사초식 중 하나를 시전하기 위한 자세를 갖췄다.

구정이 입매를 비틀며 말했다.

"무당파의 근간이라 불리는 태극혜검…… 일백 년 전 네 문파가 배출한 여고수 무당검후(武當劍后) 청화(靑花)는 이런 말을 남겼다지? 지렁이도 할 수 있는 태극혜검이라고, 후훗."

"……."

"지렁이도 할 수 있는 기예 따위로 감히 본좌의 재량을 가늠하려고 드느냐. 좋아, 네가 원하는 대로 유령이십사검은 집어치우고…….”

목소리를 흐린 구정이 검을 수평으로 눕혀 쥐자 칼날 위로 휘황한 빛을 발하는 멸절의 용신기가 사납게 치솟았다.

“즐길 만큼 즐겼으니 이만 끝을 내자꾸나.”

바로 그때 귓전을 때리는 성난 외침.

“이 악적(惡賊)!”

동시에 한 인영이 질풍처럼 운신해 구정의 옆으로 육박해 왔다.

전신으로 살기를 토하는 청년 검수.

앞서 허무히 세상을 떠난 유령검각주 유령검비 종려몽의 제자이자 사천청풍대회를 통해 무명을 떨친 바 있는 나락유령검 위지항이었다.

뒤늦게 스승의 죽음을 알게 되어 분노한 것이리라.

“아서라!”

사손이 다급한 목소리로 만류한 찰나 구정의 검이 그 방향으로 쾌속한 참격을 뿌렸다.

슈아아아아아아아—!

공기를 가른 섬뜩한 음향에 이어.

푸하악…… 털퍼덕.

위지항은 단숨에 허리가 잘려 죽음을 맞았다.

장차 유령검문을 재건해야 할 인재마저 그렇게 스승의 뒤를 따라 저승으로 향했다.

직후.

콰하앙!

지면을 박차고 돌진한 사손은 태극혜검 최후의 검초 중 하나인 태극검형표홀불정(太極劍形飄忽不定)을 구사했고 구정도 그 공세에 맞서 멸절의 용신기가 맴도는 칼날을 세차게 내질렀다.

쩌어어어엉— 콰아아아아앙!

검격이 부딪치며 굉음을 연주하는 가운데 사손은 극성의 내력으로 반탄지력을 버틴 채 다음 검초를 시전했다.

태극혜검의 정수인 이기인신무검(以其人身無劍).

호홀지간 구정의 몸 위로 시커먼 기운이 일더니 멸절의 용신기가 이제껏 드러낸 적 없는 힘으로 강하게 뻗어 나갔다.

꽈과광—!

사위를 지동시키는 육중한 굉음에 이어 사손의 신형이 바람에 날린 낙엽처럼 이 장 뒤로 세차게 튕겨 날아갔다.

검은 기운에 휩싸인 구정이 그런 상대를 바라보며 저벅저벅 걸음을 뗐다.

“이것이 용심마단이 선사한 힘이니라. 알고나 죽거라.”

*　*　*

청풍검문 내 동쪽에 위치한 전각 안의 널따란 공간.

그곳엔 세 사람이 품자 형태로 바닥에 가부좌를 틀고 앉아 깊은 명상에 잠겨 있었다. 그 셋은 바로 혈교의 교주 혈마대제 적우신, 천마신교의 교주 천마제 광뢰, 그리고 첫째 적전제자 하연설이었다.

아마도 검무영의 명을 받고 모종의 수련을 행하는 중인 모양이다.

약간의 시간이 흐르고.

두 눈을 꼭 감은 하연설의 뇌천으로부터 갑자기 빛의 기류가 치솟아 머리 위를 빙글빙글 돌더니 이내 적우신, 광뢰의 뇌천과 연결되었다.

츠츠츠츠츠, 츠츠츠츠츠츠—!

적우신과 광뢰는 몸속을 관류하는 저릿저릿한 감각을 느끼며 신형을 가볍게 떨었다.

이윽고 예의 빛의 기류는 자취를 감췄고 하연설은 조용히 숨을 고르다가 이내 감았던 눈을 떴다.

"후우……."

그때 한옆의 문이 벌컥! 열리고.

"내가 때맞춰 온 것 같군."

검무영이 안으로 발을 들이며 무심한 목소리를 흘렸다. 그러자 반색한 하연설이 벌떡 일어나며 한껏 들뜬 음성을 발했다.

"교두님, 드디어 제가 해냈어요!"

"그래, 얼굴을 보니 그런 것 같네."

검무영은 그 말과 함께 씩 웃더니 재차 입을 열었다.

"현재 변절자 무리가 성도로 진격 중이니 이제 본격적인 싸움 준비를 해 볼까."

第三章
전초전(前哨戰)

"어머! 적이 벌써 성도 지척에 이르렀나요?"

흠칫 놀란 하연설의 뾰족한 물음에 검무영이 고개를 가로저었다.

"아직 아니야."

그러더니 그녀의 어깨너머로 시선을 던지며 목소리를 잇는다.

"비로소 수마인 전력에 대적할 비밀 병기로 탈바꿈했군."

여전히 바닥에 앉아 두 눈을 감고 있는 광뢰, 적우신을 향한 말이었다.

덩달아 하연설도 머리를 뒤돌려 그런 두 마인을 가만히 응시했다.

'천마대공과 혈폭신마공의 조화…… 매일같이 밤잠을 아껴 가며 애를 쓴 보람이 있어.'

과연 그랬다.

마도의 양대 하늘로 군림한 광뢰와 적우신의 절륜한 마학은 하연설이 보유한 천무여와성맥의 신비로운 힘으로 말미암아 마치 원래부터 하나의 무공인 것처럼 조화를 이룬 상태였다.

상처를 부패하게 만드는 마력과 혈맥을 들끓게 해 터뜨리는 마력, 그렇듯 서로 다른 요체가 일련의 부단한 노력 끝에 합일을 이루며 새로운 경지로 발돋움했다. 이제 두 마인 앞에 놓인 마지막 과제는 그 합일의 공부를 이용해 천마신교와 혈교의 터전을 되찾는 것뿐이었다.

호홀지간.

스스스, 스스스스…….

귓전에 와 닿는 미약한 음향과 함께 광뢰와 적우신의 상체가 가벼운 떨림을 자아냈다.

앞서 뇌천을 통해 깃든 부드러운 기운이 상단전, 중단전을 거쳐 심맥을 중심으로 십이정경, 기경팔맥을 모조리 자극한 후 하단전의 기해혈로 향해 한데 뭉쳐 든 까닭이다.

이어지는 기이한 소리.

톡, 토톡, 톡…….

광뢰와 적우신은 여태껏 숨어 있던, 아니 극성마경에 도달하고도 알지 못했던 세맥과 잠맥의 혈이 시원스레 트이는 것을 느꼈다.

둘은 다시금 저릿저릿한 전율에 휩싸였다.

'큼…… 가히 엄청나구나! 혈폭신마공 고유의 운기 속도가 한층 빠르게 변하고 있다!'

'내 몸에 아직도 타통이 되지 않은 이름 모를 세맥과 잠맥이 존재하고 있을 줄이야! 허…… 과거 천마대공을 끝까지 성취하며 내가 공부는 더 이상 깨달을 게 없으리라 여겼거늘.'

검무영과 하연설이 조용히 바라보는 가운데 두 마인은 연신 전신에 파상적으로 흐르는 전율과 함께 마기의 힘 자체가 한 단계 진화하듯 강화되었다.

그로부터 시간이 얼마 지나지 않아.

"후우……."

"스으읍……."

단전의 내기와 호흡을 정돈한 적우신과 광뢰의 눈꺼풀이 마침내 스르륵 올라갔다.

직후 검무영이 입을 열며 말하기를.

"기분이 어때?"

두 마인은 동시에 신형을 일으켜 세워 그런 검무영의 면전으로 다가서며 정중한 예를 표했다.

"교두님, 실로 크나큰 은을 입었습니다. 진심으로 감사합니다."

"장차 용신부를 상대로 죽기를 각오하고 싸울 것을 거듭 맹세합니다."

그러자 검무영이 턱짓으로 옆에 자리한 하연설을 가리켰다.

"감사의 인사는 먼저 내 예쁜 마누라한테."

무심한 목소리가 끝나기가 무섭게 광뢰와 적우신은 두 손을 가슴 앞에 모으며 고마움의 뜻을 전했다.

황망한 표정을 지은 하연설도 마주 포권지례를 보내고.

"저 또한 감사해요. 그동안 초절하신 두 분을 통해 아주 큰 공부가 되었답니다."

지난 긴 세월 동안의 적대 관계를 떠나 실로 영광스러운 순간이었다. 다른 이도 아니고 당대 마도 무림의 정점에 서 있는 두 절세 마인이 한참 어린 자신을 향해 마치 윗사람을 대하듯 깍듯한 예를 표하는 광경을 보게 되었으니 말이다.

검무영이 이내 나지막한 음성을 툭 내뱉었다.

"오늘 저녁엔 다들 배불리 먹도록 자리를 마련할 참이

니, 일과 종료 전까지 각자 알아서 시간을 보내도록 해."

적우신이 냉큼 그 말을 받아 조심스럽게 물었다.

"하오면 제 객잔 업무는……?"

"오늘부터 두 곳 모두 당분간 휴업이니 신경 쓸 것 없어."

그렇게 이른 검무영이 돌연 의미심장한 미소를 머금었다.

"뭐, 만약 이번 싸움이 끝난 뒤 이곳에 남고 싶다면 나야 두 팔 벌려 환영이지만."

일순 적우신의 새빨간 눈동자 위로 투명한 파문이 번졌다.

크윽! 싫어, 죽어도 싫다고! 라는 눈빛.

그렇지만 차마 그 말을 입 밖으로 꺼내지 못한 채 티 나지 않는 난색만 지어 보일 따름이다.

"면상에 싫은 기색이 역력하군."

의중을 들킨 적우신이 소리 없이 발끈했다.

'갈! 네가 내 입장이면 좋겠느냐!'

갑자기 곁에 선 광뢰가 한마디 보태기를.

"흠…… 왠지 적성에 맞는 것 같던데. 심지어 승 주교는 아예 이곳에 쭉 머물 기세이고."

고개를 홱 돌린 적우신의 동공이 광뢰를 향해 번개처럼

강렬한 빛을 뿜었다.

'닥쳐! 이 간악한 천마 놈 같으니!'

비록 총단을 빼앗긴 신세이나 명색이 교주의 위를 가진 몸인데 한낱 객잔 관리가 어디 가당키나 한 일인가.

하나 검무영이 심사가 뒤틀려 생고집을 부린다면 정말로 그렇게 될 수도 있다.

기실 자신의 무력이 용문검황 천무외를 능가하는 수준이 아닌 이상에야 검무영의 강제적인 뜻에 저항하기란 절대 불가능한 일이니까.

"됐어, 나도 굳이 새외 마도 패거리를 본 문에 붙잡아 둘 생각은 없으니까."

적우신은 그제야 안도의 한숨을 쉬며 속으로 천만다행이다 싶었다. 반면 광뢰는 뭔가 아쉽다는 듯 입맛을 다셨다.

뒷짐을 진 검무영이 불쑥 물었다.

"변절자가 과거 마도 무림에 나타났던 혼마종의 기록을 노렸던 이유가 궁금했지?"

귀가 번쩍 뜨인 두 마인의 눈길이 검무영의 무표정한 얼굴에 고정된 찰나.

"알다시피 상고 시대에 몇 차례 나타났던 혼마종은…… 수마인이 아니었어. 영감도 그렇고 나도 그렇고, 용화빙벽을 탈주한 수마인이 서역 땅을 맘대로 누비게 둔 실수를 범한 적은 없으니까. 오직 단 한 번의 실수는 바로 변절자 그 놈의 경우였을 뿐."

눈을 번뜩인 광뢰가 조용한 목소리로 물었다.

"그럼 혼마종은……?"

"타락한 신선의 심보 고약한 장난이었어. 일종의 유희랄까."

두 마인의 흉중에 새삼 커다란 호기심이 똬리를 틀었다.

'타락한 신선을 또 언급하다니…… 흠, 도대체 그 정체는 과연 무엇이란 말인가?'

곧이어 검무영이 말하기를.

"아무튼 변절자는 예의 혼마종이 가진 고유의 힘을 연구해 수마인 전력을 새로이 강화할 목적이었던 거야. 중원 무림을 손에 넣으면…… 차후 그 무리를 앞세워 타락한 신선의 행방을 찾아 그마저 꺾어 버리기 위해서. 더 정확히 말하면 타락한 신선을 죽여 없애고 그 힘을 제 것으로 만들기 위함이지. 즉 사람의 몸으로 진짜 신에 버금가는 위엄을 발휘하고 싶은 것이지."

광뢰와 적우신의 눈빛이 깊게 가라앉았다.

'사람의 욕심이란…….'

강함을 추구하는 가히 끝 간 데 없는 야욕, 아마도 그것이 변절자를 움직이게 만드는 거대한 원동력이 아닐까 싶다.

검무영이 붓대를 어루만지며 말했다.

"물론 내가 존재하는 한 부질없는 꿈이지."

잠자코 눈치를 살피던 하연설이 문득 입을 열었다.

"교두님, 한데 타락한 신선……."

"묻지 마."

대꾸조차 귀찮다는 어투.

하연설은 그럴 줄 알았다는 듯 고소를 머금더니 질문을 바꿨다.

"용신부의 행로는 파악하셨어요?"

고개를 끄덕인 검무영이 품속을 뒤져 작은 지도 한 장을 꺼냈다.

"정찰조 보고에 따르면 우리 전력을 정탐하기 위한 적의 선발대가 현재 두 패로 나뉘어 청성산과 아미산으로 향하는 중이라더군. 조금 뒤로 처진 용신부 본대는 지금쯤 단파 지역 부근에 이르렀을 것으로 짐작해."

"아…… 그렇다면 늦어도 보름 내에 이곳 성도로 발을 들이겠군요."

하연설은 대전의 순간이 임박했다는 생각에 심장이 두근두근 뛰었다.

적이 단파 지역을 지나친 후 대읍에 당도해 강을 건너면 곧장 성도로 직행해 올 것이다. 말 그대로 시일이 얼마 남지 않은 상황이 아닌가.

그때 적우신이 낮은 목소리로 물었다.

"교두님, 얼마 전 본문의 인원이 청성산, 아미산으로 떠난 이유는…… 적 선발대가 보유한 힘을 탐색하고 그 발길을 잠시간 붙잡아 두려는 작전의 일환입니까?"

"그것만으로 부족하지."

검무영의 짤막한 대답에 광뢰 등이 저마다 눈동자를 빛냈다.

"우리 진영의 무인들 사기를 북돋우기에 더없이 좋은 기회 아니겠나?"

"아, 그 말씀은……."

"짓밟을 수 있으면 확실히 짓밟아 버리라고 했어. 시작부터 똥 밟은 것 같은 더러운 기분을 여실히 느끼게끔."

하연설이 두 눈을 동그랗게 떴다.

"엣? 그, 그런 식으로 나가도 괜찮아요? 우리는 아직 그 선발대를 이끄는 고수진의 면모를 제대로 모르는 상태잖아요."

"새삼스럽게 무슨 걱정이야? 본 문의 믿음직스러운 두 돌격 대장이 알아서 잘 처리할 텐데."

그러자 세 사람은 방금 언급이 된 믿음직스러운 두 돌격

대장의 모습을 뇌리에 떠올리며 저마다 수긍하듯 머리를 주억였다.

'하기야…….'

그 순간 검무영이 발걸음을 떼곤 하연설 앞에 바짝 붙어 섰다.

꽉—

가느다란 허리를 세게 휘감는 두 팔.

"앗…… 왜, 왜 이러세요?"

"네 뛰는 가슴을 진정시켜 주려고."

귀에 대고 속삭인 검무영이 상체를 한껏 밀착시켜 그녀의 봉긋 솟은 가슴을 지그시 누른다.

광뢰와 적우신은 젊은 남녀의 애정 행각에 민망함을 느껴 얼른 고개를 돌렸다.

한편 하연설은 어이가 없었다.

'칫, 웃겨. 진정은 무슨…….'

이렇듯 체온이 와 닿을 정도로 몸을 붙이고 있으니 가슴이 되레 더 뛰고 있는데.

검무영이 심드렁하게 말했다.

"뭐해? 중요한 볼일이 있으니 어서 나가."

움찔한 광뢰와 적우신은 서둘러 문 쪽으로 신형을 옮기며 똑같이 생각했다.

'중요한 볼일은 개뿔…….'

이윽고 벌린 입을 닫는 문짝.

철컥—

두 마인이 밖으로 나온 찰나 문 너머로부터 돌연 하연설의 달뜬 목소리가 새어 나왔다.

"아앙…… 잠깐…… 잠깐만요! 흣…… 다짜고짜 손을……."

뒤이어 검무영의 목소리도 들리고.

"용신안을 운용해 봐."

"네? 왜, 왜요?"

"내 용신안과 너의 용신안을 통해 일련의 쾌감을 극대화할 수 있거든."

"이잇…… 변태! 용신안은 그렇게 쓰라고 배운 게 아니잖아요!"

"난 그렇게 쓸 거야. 잔말 말고 어서."

"하…… 진짜……."

그로부터 약간의 시간이 지난 때.

하연설의 교성이 잇달아 들리며 밖에 선 두 마인을 한층 민망하게 만들었다.

"아항…… 아하앙……!"

도대체 어떤 일을 벌이고 있는 걸까?

어쨌거나 단순한 입맞춤 그 이상의 행위임은 분명한 듯 싶었다.

말없이 머리를 절레절레 흔드는 광뢰.

'허어…… 이런 급박한 시기에, 그것도 사방이 환한 이 시간에 저런 망측한 짓을 아무렇지 않게 행하다니…… 참으로 검 교두답군. 긴장감 따위는 일절 느낄 수가 없구나.'

적우신이 낯빛을 붉힌 채 읊조리듯 중얼거린다.

"어험, 험. 젊음이 부럽군."

그러자 광뢰가 고개를 돌려 그를 바라보다가 눈살을 찌푸렸다.

'이런 정신 나간…….'

옷 아랫도리가 마치 공기를 살짝 불어 넣은 것처럼 부풀어 있었기 때문이다.

"더럽군."

순간 부끄러움이 치민 적우신이 발끈해 소리쳤다.

"크…… 잠깐 정신을 놓는 바람에 몸이 본능적으로 반응한 것일 뿐이다!"

"채신머리도 없이 여인의 소리만 듣고 흥분하다니, 끌."

"갈! 똥개의 혀 앞에 흥분해 '앗흥' 하며 볼썽사나운 신음을 발한 자가 함부로 내뱉을 말은 아닌 것 같다마는!"

"무엇이! 네 감히 그런 망발을……."

"망발? 엄연한 사실이거늘!"

도끼눈을 뜨고 티격태격하는 그들.

비록 마학의 요체는 가까스로 조화를 이뤘지만 서로의 마음은 어째 원활한 일합에 이르기 힘들어 보이는 두 사람이다.

* * *

푸른 천공을 찌를 듯 웅장하게 치솟은 아미산이 건너다 보이는 어느 작은 언덕. 그 위쪽의 한 바위에 작은 인영 하나가 우뚝 서 있는 것이 보였다.

"도착했군. 크윽."

소성을 발하는 인영의 정체는 바로 사종검황 관궁이었다.

바위가 자리한 뒤쪽으론 무려 일천 명이 넘는 정파, 사파의 전력이 숨을 한껏 죽인 채 질서정연하게 도열했다.

사락—

이내 바위 밑으로 발을 내디딘 관궁이 앞장을 서며 호기로운 전성을 터뜨렸다.

『닥치고 그냥 정면으로 돌격해 모조리 베어 버리면 될 일…… 자! 다들 신나게 놀아 보자꾸나!』

열 살배기 남아의 외형과 전혀 어울리지 않는 짙은 살기가 가을빛이 완연한 이 언덕의 숲을 뒤덮기 시작한다.

가히 숨이 막힐 만큼 대단한 무형의 기도.

사종검황이란 찬란한 별호를 거저 얻은 것이 아님을 증명하듯 관궁은 벌써부터 단전의 내공을 운용하며 일행을 이끌고 나아갔다.

일천여 명의 정파, 사파 무인이 조용히 그 뒤를 따르는 가운데 선두 열의 한 중년 사내가 문득 눈동자를 빛냈다.

'후우…… 막상 아미산 지척에 이르니 긴장되는 것은 어쩔 수가 없구나.'

혈교 출신으로 지금은 청풍검문 특제자 신분인 마인혈왕 살강이었다.

그동안 하루가 마치 한 달처럼 느껴질 정도로 고된 수련을 반복하며 도수의 습성을 버린 진정한 검수로 거듭났고, 또 무공 수위도 이전과 비교조차 할 수 없을 만큼 가파르게 상승했지만 현재 흉중에 이는 두려움은 별개의 문제였다.

그것은 생존 본능에 따른 지극히 자연스러운 반응인 것을.

이 세상에 피를 흘리며 싸우다 죽고 싶은 자는 없는 법이다.

살강도 예외는 아니었다.

비록 쉼 없는 노력 끝에 상승 무위를 손에 넣었다지만 어차피 뼈와 살로 된 사람이기에 절명의 위기로부터 결코 자유로울 수 없다. 게다가 곧 대면할 적은 이제껏 경험해 보지 못한 미증유의 힘을 가진 세력이 아닌가. 그러니 더욱더 불안감을 억누르기가 힘든 것이다.

하나 예의 무서운 감정과 충돌하는 또 하나의 마음은 바로 이길 수 있다는 자신감이었다. 제 한 몸이 죽게 되더라도 이 싸움 자체는 아군의 승리로 끝날 것이라는…….

이유는 바로 눈앞에 보이는 압도적인 존재에 기인한다.

관궁.

반로환동과 환골탈태를 성취한 희대의 초고수, 그런 그가 흡사 견고한 철벽처럼 버티고 있기에 패배의 가능성 따위는 염두에 두지도 않았다.

천하에 어느 누가 있어 괴물 부대를 거느린 용신부를 상대로 호기롭게 놀아 보자는 소리를 지껄일 수 있으랴.

그것은 용화빙벽의 수마인 무리를 무찔러 본 경험이 있는 관궁이기에 가능한 말이다.

'그래, 나는 그저 교관님의 지휘 아래 최선을 다하면 될 일…… 새로이 깨달은 광속능천검식으로 승전을 향한 초석이 되리라!'

속으로 외친 살강은 각오를 다지듯 허리에 걸린 검의 은빛 칼자루를 어루만졌다.

바로 그때.

좌측에 자리한 청풍표국주 신율이 빙그레 웃으며 조언을 건넸다.

“적당한 긴장감은 오히려 도움이 될 것이네.”

살강이 고갯짓을 보내며 희미한 미소를 짓자 신율과 나란히 걷던 표두 백리대약이 말을 보태고.

“노부도 솔직히 조금 두렵다네. 하지만 그것은 큰 싸움을 앞둔 무인이라면 어느 누구라도 마찬가지일 터…… 교관님을 도와 일신의 무력을 가감 없이 발휘하여 검 교두님의 기대에 부응하도록 우리 다 함께 노력하세.”

승천무장 역류흔을 비롯한 청풍표국 표사 일동이 그 말에 동의하듯 저마다 머리를 주억인다.

돌연 관궁이 뒤를 힐긋 보더니.

“꼴찌왕.”

짧은 부름에 살강은 저도 모르게 인상을 구겼다.

‘크윽! 또, 또……! 이제 진절머리가 나는구나!’

꼴찌왕, 정말이지 잊을 만하면 다시 듣게 되는 남세스러운 별칭인데.

아니나 다를까, 좌우와 뒤쪽 행렬로부터 여러 사람이 킥킥 웃는 소리가 귓전에 와 닿으며 수치심을 한층 자극한다.

대번에 얼굴이 벌겋게 단 살강은 애써 못 들은 척하며 관궁을 향해 물었다.

"왜 그러십니까? 교관님."

"호오…… 이 새끼, 면상 봐라. 왜? 꼴찌왕이라 부르니까 아니꼽냐? 용신부 놈들 쳐 죽이기 전에 네놈 상대로 손부터 좀 풀까? 어!"

관궁의 으름장에 살강이 질겁하며 황급히 낯빛을 수습했다.

"억! 아, 아, 아닙니다! 아니꼽다니요, 절대 아닙니다! 제가 어찌 감히……."

그러자 관궁이 피식 웃더니 재차 입을 열었다.

"앞으로 그 별칭을 듣기 싫거든 오늘 제대로 활약해 봐. 그럼 '꼴찌'란 두 글자는 '으뜸'으로 바뀔 테니까."

"아……."

"누가 뭐라고 해도 넌 현재 특제자들 중 으뜸이 아니더냐."

평소와 사뭇 다른 어른스러운 말투에 살광도 진중한 표정으로 목소리를 발했다.

"예, 교관님."

"그나저나 내가 가르쳐 준 심법을 익힌 이후로 심중의 탁한 마성이 사라지게 된 이유가 자못 궁금했을 터."

순간 살강의 동공이 강한 호기심으로 빛났다.

말마따나 관궁은 기실 마공을 연구해 본 무인도 아닌데 모종의 심법을 이용해 어두운 마력의 속성을 제어하는 방도를 깨우쳤다.

혈교의 마인 출신으로 그것이 항상 궁금했던 바, 오늘 드디어 의문을 해소할 수 있을 듯싶었다.

관궁이 한쪽 입꼬리를 살짝 올렸다.

"훗…… 조금 있으면 알게 될 거다. 그 이유를."

직후.

쾅!

지면을 박차는 두 발.

『어서 가자! 손이 근질근질하다!』

그렇게 관궁이 전성을 남기며 전방으로 쏘아져 나가자 뒤쪽의 일행도 일제히 경공술을 펼쳐 아미산을 향한 질주를 시작했다.

파파파팟, 파파파팟……!

* * *

아미산.

사천 지역, 나아가 중원 대륙을 통틀어 손꼽히는 절경을 자랑하는 성산.

하남성 숭산의 소림사와 불문을 대표하는 아미파는 이곳 금정봉(金頂峰) 아래의 터에 그 웅장한 세를 펼쳐 놓았다.

그런데 금일 아미파 내부는 여느 때와 다르게 너무나도 고요했다.

인적이 없다.

마치 폐허로 화한 것처럼.

장문인 법연사태를 비롯해 문도들 모두 전란을 피해 멀리 도망쳐 버린 건지 경내 건물마다 텅 빈 상태였다.

보이는 것이라곤 땅을 나뒹구는 낙엽들 뿐.

사삿, 사삿, 사삿…….

들릴 듯 말 듯한 풍성과 함께 수백 명의 검수 무리가 내밀한 보법을 밟으며 아미파 정문을 열고 안으로 들어섰다.

최선두에 자리한 노인이 이내 신형을 멈춰 세우자 뒤따르던 행렬도 발걸음을 정지했다.

"흣."

허연 수염이 덮인 입술 사이로 새어 나오는 나지막한 소성.

바로 용신부의 북룡정 태을검공 가허였다.

슥—

그가 수신호를 보내자 자색 장포를 두른 자룡대(赭龍隊)

소속 검수 오십여 명이 동시에 사위로 빠르게 흩어졌다.

혹시라도 숨어 있는 사람이 있을까 봐 경내를 탐색하기 위함이었다.

그로부터 약간의 시간이 흐르고.

검수 오십여 명이 복귀하자 가허가 나지막한 목소리로 물었다.

"아무것도 없더냐."

그러자 자룡대장이 고개를 숙이며 대답했다.

"예. 장문인 처소는 물론이고 주요 서고까지 완전히 비어 있는 상태였습니다."

"후훗."

가허가 입매를 비틀며 웃은 후 주위를 가만히 살피다가 이내 멀찍한 전방에 오롯이 서 있는 종각으로 시선을 고정했다.

"각종 무공 비급까지 전부 챙겨 몸을 피했다? 참으로 안쓰럽구나, 강호 무림이여. 어떻게든 명맥을 잇고자 애쓰는 정성은 높이 산다마는…… 어차피 다 부질없는 짓이니라."

뒤이어.

"아미파의 종소리는 앞으로 영원히 들을 수 없을 것이야."

일순 펄럭거리는 소맷자락.

가벼운 손짓과 더불어 고강한 무형지기가 발출되어 종각에 매달린 거대한 팔괘 동종을 순식간에 종잇조각처럼 구겨 버렸다.

쩌어어어엉, 쩌어어어어엉—

그렇듯 메아리와 같은 금속성이 울려 퍼진 찰나.

파파파파파파파—!

저편의 높다란 담장 너머로부터 날카로운 풍성이 일더니 작은 인영 하나가 허공을 격해 떨어진다.

쿠우웅……!

흡사 진각을 밟은 듯 작은 인영이 자리한 지면이 움푹 꺼졌다.

가허가 그 방향으로 시선을 던지며 말했다.

"청풍검문의 간부가 친히 마중을 나왔군."

십 장 거리를 두고 우뚝 선 작은 인영의 정체는 관궁이었다.

"발검."

자룡대장의 짤막한 명령에 자룡대를 위시한 용신부 전력은 즉각 검을 뽑아 쥐며 체외로 적나라한 살기를 토했다.

질세라 관궁의 우수가 칼자루를 움킨다.

스르릉—

한 줄기 경쾌한 검명이 울리고.

사종검황이란 별호를 상징하는 신물 광속신황검의 새하얀 칼날이 환한 햇살을 받아 반짝이며 섬뜩한 예기를 퍼뜨렸다.

"키킥! 어이, 용신부 똘마니. 내 기대와 달리 인원수가 너무 적은데?"

관궁이 비웃듯 말한 후 검극을 지면 쪽으로 기울인 채 저벅저벅 걸음을 옮겼다.

수염을 쓰다듬은 가허가 싸늘한 안광을 뿜으며 되물었다.

"사종검황…… 목숨을 잃기엔 너무 이르지 않소?"

한층 짙은 미소를 머금은 관궁의 등 뒤로 무수한 기척이 일어났다.

휙, 휘휙, 휙—

일련의 풍성과 동시에 담장을 넘어 나타난 일천여 명의 무인이 이내 병풍처럼 펼쳐 서며 돌격 태세를 갖췄다.

전운이 감도는 장내.

관궁이 걸음을 멈추고 고사리 같은 왼손의 검지를 까딱거렸다.

"맛보기로 우두머리끼리 한판 거하게 벌여 보자고."

하나 가허는 고개를 가로젓더니 옆쪽을 바라보았다.

"가라."

명이 떨어지기가 무섭게 신형을 날리는 이십여 명의 검수들.

파박, 파바박, 팍—!

피풍 자락을 나부끼며 나아가는 그 인원은 기룡검단(奇龍劍團) 소속이었다. 그런 그들 검날 위엔 멸절의 용신기가 맺혀 사납게 맴돌았다.

관궁은 접근을 기다리지 않았다.

"크."

소성을 내뱉은 찰나.

핏!

그 자그마한 몸은 어느새 쇄도하는 적들 앞에 이르렀고.

슈아아아아아아앗—!

소름 끼치는 파공음을 터뜨리는 쾌속의 검초를 뿌려 기룡검단원 이십여 명의 허리를 모조리 양단시켜 버렸다.

투두둑, 투두두둑, 투둑, 투두둑…….

관궁은 검을 살짝 휘둘러 칼날에 묻은 핏물을 땅에 뿌린 후 내공을 이끌어 냈다.

"그깟 가짜 용신기로 무얼 할 수 있으랴."

별안간 일대 공간이 마치 지진이 난 것처럼 요동치기 시작했다.

쿠구구구궁, 쿠구구구구궁—!

뒤이어 맹수 수만 마리가 한꺼번에 송곳니를 드러내며 포효하는 듯한 무형의 살기가 뿜어져 사방을 휘몰아쳤다.

가공스러운 그 기세 앞에 용신부 무리는 물론이고 신율, 백리대약, 살강 등마저 소름이 오싹 끼쳐 목을 움찔했다.

그때.

정체 모를 어두운 기운이 관궁의 신형을 감쌌다.

ㅊㅊㅊㅊㅊㅊㅊㅊ—

동시에 살강의 눈깔이 더 이상 커질 수 없을 만큼 커졌다.

'어억! 아니…… 저, 저것은 마기?'

가허도 예상치 못한 현상에 놀란 기색을 드러냈다.

'허어…… 이게 무슨 일인가? 사종검황이 설마 마기를 품고 있다니…….'

관궁이 샐쭉 웃으며 광속신황검을 제 가슴 앞에 세워 들었다.

"크킷, 무덤 따위는 만들어 줄 필요 없겠지? 덤벼라, 가짜 잡종 용 새끼들."

가허는 그런 상대의 호전적인 자세와 도발적인 언사 앞에 눈빛이 돌변했다.

암갈색 동공 위로 어리는 이채.

어지간한 고수도 선뜻 시선을 마주하기 힘들 정도로 농

후한 살기의 빛이었다.

"감히 우리더러 가짜라?"

독백처럼 낮은 음성을 내뱉은 그의 우수가 좌측 허리에 걸려 있는 검으로 향한다.

펄럭펄럭—

가슴팍에 흉맹스러운 용 문양이 크게 박힌 백색 장포가 가볍게 흔들리며 풍성을 연주했다.

"일신의 무공 수위를 믿고 그렇듯 함부로 지껄이는 것일 테지만…… 업신여김이 과하구나. 중원 땅은 무릇 패자가 세운 질서에 의해 돌아가는 곳이 아니랴. 어떤 것이든 그 근원을 따질 필요 없이 약한 존재는 가짜로 전락하기 마련이고 강한 존재만이 진짜로 우뚝 서는 세상, 그것이 바로 이 강호 무림의 생리인 것을."

말을 마친 가허가 이내 칼자루를 움키고.

사아악.

작은 용 문양이 가득한 칼집으로부터 미끄러지듯 부드럽게 뽑혀 나온 하얀 검신이 늘씬한 자태를 자랑하며 눈에 보이지 않는 예기를 흩뿌린다.

관궁이 멈췄던 발걸음을 다시 떼며 적진 쪽으로 나아갔다.

척, 척, 척, 척…….

느리지도 빠르지도 않은 보행.

일보씩 내디딜 때마다 대기와 지면이 쿠쿵! 하며 세게 진동했고, 자그마한 체구를 감싼 어두운 마기가 그에 보조를 맞추듯 일렁일렁 춤을 췄다.

신율, 백리대약 등을 위시한 일행 일천여 명도 그런 관궁을 뒤따라 일제히 전진을 시작한다.

호홀지간 가허가 딛고 선 자리가 균열을 일으켰다.

쩌저적—!

어지러이 금을 그리는 지면에 이어 만근 바위가 무차별적으로 떨어져 내리는 것 같은 묵직한 기운이 일대 공간을 짓눌렀다.

내공을 운용한 가허가 체외로 발한 무형지기의 위력은 실로 대단했다. 하지만 관궁이 내뿜은 거대한 무형지기에 의해 등 뒤쪽의 일행은 아무런 영향을 받지 않았다.

가허는 조금씩 거리를 좁히고 드는 관궁을 향해 마주 걸음을 옮기며 좌수를 흔들었다. 그러자 자룡대장이 휘파람을 불었고 그것을 신호로 무수한 기척이 장내로 쾌속하게 쇄도해 들었다.

파파파파파, 파파파파파파…….

오백 명이 넘는 용신부 무리의 등장.

기존의 자룡대와 기룡검단이 뭉친 인원에 새로이 나타난

참룡검단(斬龍劍團), 와룡검단(臥龍劍團)의 인원을 합한 수가 무려 팔백 명을 훨씬 웃돌았다.

"크큭."

관궁이 문득 소성을 흘렸다.

마치 이제야 좀 제대로 맞붙어 싸워 볼 맛이 난다고 말하는 것 같은 눈빛이다.

가허가 그 얼굴을 응시하며 내력을 담은 음성을 터뜨렸다.

"지금부터 무엇이 진짜인지 깨닫게 해 주마. 어느 쪽이 진짜, 또는 가짜일지는 힘으로써 증명해 보이마! 어리석은 사종검황이여, 이 일전을 통해…… 네 오판을 여실히 깨닫거라!"

멈칫한 관궁이 중얼거리기를.

"쯧, 무슨 놈의 주둥이질이 그리 길어."

그 말이 끝나기도 전에 질풍처럼 전방으로 뻗어 나가는 신형.

파바박—!

눈 깜짝할 사이에 거리를 압축한 관궁의 검이 벼락처럼 뚝 떨어져 내렸다.

쐐애액— 까아앙!

고막을 찢을 듯한 금속성과 동시에 검격을 방어한 가허

의 몸이 뒤로 크게 휘청거린 찰나 공기를 가르는 파공음이 터져 나왔다.

슈카학—!

균형을 잃은 가허가 황급히 제 가슴 앞으로 검을 눕힌다.

쩌어어어엉!

쇳소리에 이은 육중한 폭음이 사위에 메아리치고.

콰우우우웅……!

"윽!"

관궁이 뿌린 검세에 밀린 가허의 신형이 재차 바람에 휩쓸린 나뭇가지처럼 흔들렸고 충돌한 기파의 잔해가 허공에 마구 물결쳤다.

바로 그때.

관궁이 발출한 어두운 마기가 칼끝으로 뭉쳐 들더니 어마어마한 검기를 토했다.

슈아아아아아아아아아앗!

가허는 즉각 절륜한 검학 중 하나인 검막을 구사해 방어했지만 지독한 마기를 품은 관궁의 검기는 거침없이 그 복판을 파고들었다.

퍼어어어어어어어엉……!

일시에 잔영이 걷히며 허무히 흩어져 버린 검막.

"컥……!"

짤막한 신음을 발한 가허의 신형이 빛살인 양 후방 저 멀리로 세게 튕겨 나가더니 돌담을 꽝! 깨부수고 울창한 숲속으로 사라졌다.

그야말로 창졸간에 이뤄진 쾌속의 공세.

압도적이다 못해 경이롭기까지 한 극속의 검초 앞에 적은 물론이고 신율 등 일행마저 동작을 멈춘 채 말문을 잃고 말았다.

직후 관궁이 몸 밖으로 한층 짙은 마기를 토했다.

츠츠츠츠츠, 츠츠츠츠츠츠—!

불에 탄 재를 연상시키는 어두운 마기는 곧 신형을 중심으로 작은 돌풍을 만들었다.

별안간 살강의 귓전에 은밀한 소리가 와 닿는데.

『이것은 본좌가 과거에 두 마두를 차례로 쓰러뜨리며 얻은 힘이지. 이를 제대로 다룰 수 있게 된 것은 용신비곡을 나온 이후의 일이니라.』

관궁이 시전한 전음입밀이다.

'아!'

눈동자를 번뜩인 살강은 가슴속에 품고 있던 의문이 속 시원히 풀렸다.

여든 살 때 강호를 등졌던 관궁은 신강 지역을 떠돌다가 정체 모를 마두와 만나 싸워 이겼고, 그로 인하여 반로환동의 깨달음을 얻었다. 그리고 이래저래 세월을 보내다가 다시 한 번 어느 정체 모를 마두와 생사를 건 일전을 치른 끝에 승리하며 모든 내공을 잃었는데 개새와 조우한 것을 계기로 추가적인 반로환동에 위에 환골탈태까지 이뤘다.

살강 자신을 비롯한 혈교 출신 특제자 전원은 이미 그 과거사를 들은 바가 있다.

'그래, 어쩐지…… 훗.'

비로소 관궁이 과연 어떻게 심중의 탁한 마성을 지우는 심법을 창안한 건지 납득이 되었다.

'그렇다고 해도 교관님의 재능과 노력은 참으로 놀랍구나! 중원 무림의 내공 운용법과 아예 궤를 달리하는 마성의 기운을 완벽히 당신 것으로 만들어 버리시다니…….'

새삼 관궁을 향한 커다란 존경심이 흉중에 똬리를 튼다.

이내 평상심을 되찾은 자룡대장이 수신호를 보내며 외쳤다.

"쳐라!"

본격적인 개전을 알리는 고성이다.

동시에 양쪽의 무인들 모두 지면을 박차고 돌진하며 한데 어지러이 뒤엉켰다.

카카카캉, 쩌저저정, 키키키킹—!

수많은 병기가 부딪치는 소리가 마구 울려 퍼지는 가운

데 관궁은 즉각 가허가 담장을 뚫고 사라진 방향으로 보법을 전개하려 했다.

그 순간.

쐐액, 쐑, 쐐애액, 쐐액—!

기룡검단원 대여섯 명이 그의 좌측을 노려 쇄도하며 멸절의 용신기를 운용한 참격을 뿌린다.

질세라 광속신황검이 마주 궤적을 그리자 사나운 폭음이 터지고.

꽈과과과과과광!

“큭!”

“꺼허어……!”

“으윽!”

괴로운 신음을 흘린 기룡검단원들 신형이 강풍을 맞은 낙엽처럼 쓰러져 지면 위를 나뒹굴었다.

그때 기룡검단의 검수 한 명이 관궁의 등 뒤로 바짝 접근해 횡단의 기세로 검을 내그었다.

슈아앗—!

등판을 노리고 드는 멸절의 용신기.

하나 관궁은 쾌속하게 신형을 선회하더니 좌수로 상대의 칼날을 덥석! 붙잡았다.

‘헉! 매, 맨손으로……?’

충격적인 광경에 예의 검수가 아연실색한 순간 관궁이 히죽 웃었다.

"병신, 놀라기는."

조롱의 말을 내뱉기가 무섭게 좌수로부터 잿빛 마기가 맹렬히 회전하자 멸절의 용신기가 맺힌 칼날이 무참히 쇄파되었다.

짜자작, 짜자자작, 짜작—!

뒤이어 관궁이 휘두른 광속신황검이 그대로 검수의 몸통을 일직선으로 갈랐다.

츄하아악!

조각난 시신이 좌우로 급격히 기울며 비릿한 피 분수를 퍼뜨리고.

털퍼덕.

이번엔 와룡검단의 검수 넷이 측방으로 육박해 들었다.

팟!

관궁이 좌수를 내뻗자 잿빛 마기가 거대한 마귀의 손처럼 폭사되어 와룡검단원 네 명의 육신을 모조리 쥐어 터뜨렸다.

후두둑, 후두두둑…….

일대 지면에 혈우를 퍼부으며 조각조각 비산하는 육편들.

잿빛 마기의 가공스러운 힘에 의해 그 방향 선상에 놓인 저 멀리의 건물 몇 채마저 요란한 소리로 무너져 내렸다.

『나머지는 너희가 맡아라!』

육방전성을 발한 관궁은 허공답보를 밟으며 눈 깜짝할 사이에 자취를 감췄다.

직후.

가벼운 풍성이 들리나 싶더니 일련의 무리가 장내로 진입했다.

용신부 소속이 아니다.

바로 이곳 아미파의 장문인 법연사태와 그 휘하의 최정예 문도 삼백여 명이었다.

"본 문을 짓밟으려 한 저 괘씸한 적을 즉각 섬멸하라!"

문중의 신물 복호신검을 뽑아 든 법연사태의 성난 외침에 아미파 전력이 일제히 공세를 펴자 핏빛 전장은 한층 소란스럽게 변했다.

자룡검대장은 이를 꽉 깨물며 속으로 고함쳤다.

'칙! 마도 무림의 인원은 왜 아직까지 나타나지 않는 것인가!'

그러더니 내공을 실은 전성으로 명을 내렸다.

『전원 용신께서 주신 힘을 개방하라!』

*　*　*

쿠우웅—!

허공을 격해 빠르게 낙하한 관궁의 두 발에 의해 땅이 움푹 꺼지며 비명을 내질렀다.

멀지 않은 전방에 자리한 가허는 상대가 오기를 기다렸다는 듯 예리한 검을 아래로 비스듬히 기울이며 나지막한 목소리를 흘렸다.

"예상 외로 강한 힘이었다."

그러자 관궁이 체외로 잿빛 마기를 퍼뜨리며 광속신황검을 곧게 세웠다.

"시끄럽고…… 용심마단인지 뭔지, 그 힘은 뒀다가 어디에 쓰려는 거냐?"

괜히 시간 끌지 말고 어서 숨은 힘을 개방해 보란 도발이다.

"큿, 정 원한다면!"

동공을 매섭게 빛낸 가허의 몸이 급격한 변화를 일으킨다.

으드득, 으득, 으드득…….

근골이 비틀리는 것 같은 둔탁한 음향.

이내 가허의 외형은 거의 수마인과 흡사하게 변했고 몸

을 따라 시커먼 기류가 탁한 안개처럼 뭉게뭉게 치솟았다.

"좋아, 진작 그럴 것이지."

관궁이 입꼬리를 올리자 가허가 시뻘건 눈을 사납게 번뜩이더니 뾰족한 송곳니를 드러내며 말했다.

"크르릉…… 사종검황…… 네 몸뚱이는 어떤 맛일지 사뭇 기대가 되는구나."

"여전히 말투가 건방져. 아직 이백 살도 안 된 어린놈의 새끼가…… 키킥. 버릇없는 놈은 본 문의 검씨 하나로 족하거늘."

그렇게 말한 관궁이 내공을 한 단계 위로 이끌어 냈다.

"이 몸이 친히 버르장머리를 고쳐 주지. 나와 싸우는 것을 다행으로 여겨라. 만약 할망구가 여기에 왔다면…… 이제껏 보지 못한 지옥을 경험했을 것이야."

第四章
남아(男兒)와 미녀(美女)의 위용(威容)

"할망구? 옳아, 파초대마후를 뜻함인가?"

가허의 나지막한 물음에 관궁이 검극을 정면으로 겨누며 개구쟁이 같은 미소를 머금었다.

"어차피 뒈질 놈이 궁금해하기는."

동시에 광속신황검이 세찬 떨림을 자아내고.

웅웅웅웅, 웅웅웅웅웅!

긴 칼날을 따라 환한 광채가 연기처럼 일며 예의 잿빛 마기와 섞이더니 뭐라 형언하기 힘든 기이한 색을 띠었다.

쿠구구구구구궁—

한층 강해진 내기의 압력.

주인의 의지에 감응한 광속신황검이 연신 금속성을 퍼뜨리는 와중에 주변 공간이 지진이라도 난 것처럼 강하게 떨렸고, 사방에 보이는 바위나 나무 따위가 무참히 부서져 허공으로 비산했다.

순간 가허의 핏빛 눈동자 위로 어떤 이채가 스쳐 지나갔다.

'보아하니 본연의 내공 심법과 새로이 터득한 모종의 마기가 조화를 이룬 기운임이 분명하다. 여태껏 비장의 수를 감춰 두고 있었단 말이지. 하지만…….'

속으로 중얼거린 그가 단전의 내공을 극성으로 이끌어내자 안 그래도 엉망진창이 된 일대 숲이 거의 폐허처럼 변했다.

콰직, 콰지직, 콰직……!

땅거죽이 대패질을 당한 듯 높이 치솟으며 먼지구름을 일으킨 찰나 관궁이 살기 가득한 표정으로 발을 옮기며 일렀다.

"좋아, 아주 마음에 들어."

질세라 가허도 마주 전진하며 말을 받고.

"나를 포함한 용정들 모두 지난 몇 달 사이에 더없이 큰 성취를 거두었지. 마침내 완성을 본 용심마단의 복용을 통해서."

"어쩌라고."

짧게 비웃은 관궁이 용천혈로 기를 폭사한다.

파학!

지면 위로 살짝 뜬 채로 날짐승인 양 쾌속하게 이동하는 그.

부신약영(浮身躍影).

일신의 높은 내공 수위를 대변하는 극상 수준의 경공술이다.

가허도 즉각 사문인 태을검문 고유의 보법 태을신보(太乙神步)를 밟아 급속도로 간극을 좁혀 나갔다.

파밧, 파바밧—

두 무인은 오 보 남짓한 거리에 이르자마자 누가 먼저라 할 것도 없이 강맹한 검기가 어린 칼을 휘둘렀다.

쐐애애애액— 쩌어어어엉!

금속성과 함께 칼날의 충돌이 만들어 낸 거대한 기의 파장이 고막을 찢을 듯한 굉음을 연주하며 아미산 전체를 진동시켰다.

콰콰콰콰콰콰콰쾅!

* * *

"피, 피해라!"

"커억!"

"으아악……!"

단말마의 비명을 내지르며 태풍에 휩쓸린 짚단처럼 땅위로 쓰러져 눕는 피풍인들.

털썩, 털썩, 털썩…….

각자의 옷에 흉맹스러운 용 문양이 있는 것으로 보아 용신부 무리임이 틀림없는데.

직후.

인상이 저절로 찌푸려질 만큼 역겨운 냄새가 산바람을 타고 사위로 번졌다.

방금 힘없이 고꾸라져 죽은 여러 시신으로부터 풍겨 나온 그 냄새는 다름 아닌 독공에 당했을 때 나타나는 현상이었다.

"호호호, 조금은 더 버틸 줄 알았는데."

붉은 입술 사이로 미성을 흘리는 아리따운 여인의 정체는 바로 파초대마후 운몽향이였다.

현재 그녀가 두 발로 딛고 선 자리의 주변엔 무려 오십여 구에 달하는 시신이 아주 처참한 몰골로 널브러져 있었다.

시신들 겉으로 드러난 특징은 꽤 다양했다.

널따란 돌바닥에 핏물이 흥건한 가운데 어떤 시신은 살

갖이 갈라져 터진 상태였고, 어떤 시신은 흡사 오랜 세월이 지난 목내이처럼 곪아 버렸으며, 또 어떤 시신은 흐물흐물 녹아 싯누런 뼈만 남았다.

그렇듯 시신들 유형이 다른 이유는 운몽향아가 염열독공을 비롯한 독운백접도, 흡정신요공, 순속비체술 등 여러 가지 기예를 무차별적으로 꺼내 펼쳐 보인 영향이다.

핏빛 전장이 된 이곳은 청성산에 위치한 도가 무문 청성파의 경내 광장으로, 정탐을 온 용신부 선발대를 무찌르기 위해 운몽향아가 직접 일천여 명을 이끌고 나타나 큰 싸움을 치르는 중이었다.

지랄굉, 목남, 매률 등을 포함한 남림삼비역의 정예 전력은 저마다 고유의 독공을 앞세워 적을 하나둘씩 처치하며 운몽향아의 뒤를 보좌했다. 그리고 수만 마리의 각종 독물 떼도 가세해 어지러이 맹공을 퍼부었다.

"악!"

"끄극!"

연이은 출수로 용신부 검수 세 명을 독살한 백수동주 목남은 문득 저편을 바라보며 속으로 중얼댄다.

'으음, 과연 파초대마후…… 그녀가 적이 아닌 것이 천만다행이다!'

현재 적은 일제히 용심마단의 힘을 이끌어 낸 터라 상대하기가 여간 힘든 것이 아니었다. 하지만 전면에 나서 싸운 운몽향아의 절륜한 무위 덕분에 사기 하나 만큼은 하늘을 찌를 듯했다.

『지금부터 내 주위로 접근하지 말아요. 자칫 힘에 휩쓸리게 되면 적과 똑같은 꼴을 면치 못할 테니까, 알았죠?』

운몽향아가 전성을 통해 경고한 그때.

파파파파, 파파파파파—

용신부 선발대의 주요 전력 중 하나인 남룡대(藍龍隊) 소속 대원 다섯 명이 흑색 기류를 퍼뜨리며 돌진해 들었다.

동시에 운몽향아의 좌수가 빠르게 내뻗치자.

쏴아아아아아앗!

푸른 빛깔의 방대한 독무의 기운이 커다란 방패처럼 막을 형성했다. 그렇게 남룡대원 다섯 명이 구사한 멸절의 용신기는 견고한 독무의 기막에 가로막히고 말았다.

꽈르릉, 꽈르르르릉, 꽈르르릉!

찰나 운몽향아의 반격이 이어졌다.

후우우우웅—

대기를 횡단하는 손놀림에 위해 고강한 풍성을 터뜨리는 마운파초선. 그 곡선의 궤적을 따라 짙푸른 기류가 무수한 화살처럼 가닥가닥 뻗어 나가 적들 신형을 엄습했다.

츄츄츄츄츄츄츄츄츗—!

남룡대원 다섯 명이 움찔하며 일제히 검을 똑바로 세워 들었고 경쾌한 폭음이 중인의 귓전을 두드려 왔다.

퍼펑, 퍼퍼펑, 펑…….

네 명의 남룡대원은 각기 내상을 입은 채 발바닥으로 지면을 긁으며 후퇴해 섰지만 다른 한 명은 전신의 피부가 녹색으로 화해 급격히 팽창하더니 곧 작은 폭발을 일으켰다.

퍼어어어어억!

허공으로 비산한 육신의 파편이 붉은 피가 아닌 푸른 피를 마구 흩뿌린다.

투투투, 투투투투…….

운몽향아의 눈빛이 돌연 싸늘히 식었다.

"이 공력으론 부족하단 말이지?"

말이 끝나기가 무섭게 마운파초선 주위로 녹죽처럼 짙푸른 아지랑이가 실버들인 양 넘늘거렸고 영롱한 눈동자 위엔 짙은 살기의 빛이 감돌았다.

사르륵 끌리는 살구색 치맛자락.

운몽향아가 걸음을 내딛자 남룡대원 넷이 그 보폭만큼 몸을 뒤로 물렸다.

파초대마후의 위명을 비로소 절감한 걸까.

드드드드드—!

교구 밖으로 육중한 무형지기가 뿜어지자 쩌저적! 하고

통성을 토한 돌바닥이 커다란 거미줄을 그리며 고강한 손속을 예고한다.

팟—

표홀한 운신을 전개해 나아가는 운몽향아.

답설무흔의 수법이다.

상대가 단숨에 거리를 압축해 들자 남룡검대원 넷은 본능적인 두려움을 느껴 저마다 신속히 뒷걸음질을 쳤다.

하나 운몽향아의 움직임이 더 빨랐다.

파팟!

답설무흔 위에 순속비체술을 더한 몸놀림.

일신의 내공을 이용한 안력으로도 파악할 수 없는 너무나도 쾌속한 운신이었다.

완벽하게 뒤를 내어 준 검수 넷은 별안간 무형지기가 온몸을 꽉 옥죄자 손가락조차 꼼짝달싹하기 힘들었다.

'크읏!'

이내 고혹적인 목소리가 그들 귓전에 와 닿고.

"맛있게 먹도록 하지. 훗."

미소를 지은 운몽향아가 우수의 마운파초선을 살짝 흔든 순간 네 검수의 신형이 포박을 당한 것처럼 한데 뭉쳤다.

뒤이어 고운 손이 그들 몸을 빠르게 쓰다듬자.

티틱, 틱, 티티틱, 티틱……!

전원의 몸이 마치 사막의 나무처럼 버썩 마르며 목숨이 끊겼다.

과거 오대무후의 일인으로 강호 무림을 군림하며 악명을 떨쳤던 괴이한 기공 흡정신요공을 발휘해 검수들 정기를 모조리 흡수해 버린 것이었다.

바로 그때.

남룡대장을 위시한 일백여 명의 대원이 주변에 모여 원을 이루듯 포위진을 형성했다.

흑단 같은 머리칼을 뒤로 쓸어 넘긴 운몽향아가 눈웃음을 쳤다.

"서방님이 안 계시니⋯⋯ 다시 한 번 이 모습을 드러내도 괜찮겠지?"

아니나 다를까, 그 신체가 급속한 변화를 보이기 시작한다.

스스스스스스⋯⋯.

미약한 소리와 동시에 운몽향아의 피부는 나뭇잎에 덮인 듯 푸른 색깔로 화했고, 사슴 같은 두 눈동자 위엔 어두운 기광이 일렁였다. 그리고 시커멓던 머리카락은 독수로 씻어 새로이 물을 들인 것처럼 녹색이 되어 세차게 나부꼈다.

포위진을 형성한 적은 그 모습을 보자 저도 모르게 소름이 오싹 끼쳤다.

'웃!'

용심마단의 광폭한 살육 본능을 넘어서는 어떤 커다란 공포가 흉중에 자리를 잡은 까닭이다.

십만살녹관음독체공.

한 번 사용하는 것만으로 체내 공력을 절반 이상 소진한다는 독공 최상위의 절기.

남룡대장이 시뻘건 눈을 번뜩이며 말했다.

"크르……! 망설이는 놈은…… 내가 용납하지 않을 것이야!"

그 소리에 휘하 검수 무리가 애써 두려움을 지우며 돌격 태세를 갖췄다.

그때 운몽향아가 화사한 웃음을 흘리더니.

"십만살녹관음독체공…… 여기에 한 가지 깨달음을 더하면 실로 무시무시한 힘을 발휘하지."

남룡대장이 손짓을 보내자 한옆의 대원 삼십여 명이 먼저 지면을 박차고 나아갔다.

파파파파파파파—!

운몽향아는 입가의 미소를 지우지 않은 채 그대로 마운파초선을 맹렬히 휘둘렀다.

슈슈슈슈슈슈슛, 슈슈슈슈슈슈슈슛!

어마어마한 독무가 마치 해일처럼 뻗어 나와 쇄도해 드

는 적을 빠르게 덮친다.

뒤이어 사위에 크게 메아리치는 폭성.

퍼퍼퍼퍼퍼퍼퍼펑!

직후 적진으로부터 경악한 목소리가 잇달아 터졌다.

"억! 아니!"

"저, 저럴 수가!"

놀랍게도 검수 삼십여 명의 신체가 짙은 녹색을 띤 돌로 화해 버린 것이다.

수십 개의 석상이 갑자기 나타난 듯한 충격적인 광경 앞에 남룡대장도 동요의 눈빛을 드러냈다.

운몽향아가 재차 마운파초선을 휘두르자 돌처럼 굳어 버린 검수들 몸이 조각조각 깨지며 그 안으로부터 시퍼런 독수가 치솟았다.

푸하악, 푸하악, 푸하악……!

쇄파된 시신은 바닥에 떨어지자마자 부글부글 끓으며 기포를 발생시키더니 순식간에 연기가 되어 소멸했다.

싸움을 펼치는 중에 멀리서 그것을 본 지랄굉이 뾰족한 음성을 발했다.

"서…… 석화(石化)의 묘용을 가진 독공이라니! 그렇다면 설마……!"

신체를 석화하는 묘용을 가진 독무는 이미 실전된 지 육백 년도 넘은 희대의 독공이다.

돌연 운몽향아가 천리전음을 터뜨렸다.

『후훗, 내 스승이 과연 누구인지 궁금하지 않아?』

적에 맞서 부지런히 손속을 놀리던 일행은 전성을 듣자마자 두 눈 위로 이채를 내뿜었다.

'운몽 영양사님의 스승……?'

앞서 운몽향아가 펼친 기예를 보고서 격렬한 반응을 보였던 지랄굉을 비롯해 목남, 매률, 인불랍 등 남림의 독인들 모두 호기심 가득한 표정을 감추지 못했다. 또한 빙백무종 북리상과 환상검문주 소천검절 달충묘, 청성파 장문인 청성대도검 옥기진인과 휘하 문도들, 무학선생 석대송을 위시한 사천성 정파 협회의 정예 고수진, 파천신군 당효악과 진천당가 일동 등의 표정도 매한가지였다.

아는 사람은 알고 있다.

지금으로부터 육백여 년 전 석화의 묘용을 가진 독공으로 크나큰 명성을 떨친 한 초인의 별호를.

방금 전 지랄굉이 경악한 것도 그 때문이었다.

우리가 지금 머릿속에 떠올린 존재가 정말로 파초대마후의 스승인가? 너 나 할 것 없이 그렇듯 똑같은 생각을 품은 때.

운몽향아의 천리전음이 재차 울렸다.

『독향신마화(毒香神魔花) 임려시애(林閭諡愛), 한 번쯤 들어 본 적 있지?』

지랄굉은 순간 머리털이 쭈뼛 섰다.

'허어! 과, 과연 그랬구나! 내 예상이 맞았어!'

척추를 빠르게 훑어 오른 전율이 핏줄을 따라 파상적으로 흐른다.

북리상, 당효악, 목남, 매률 등도 손속을 뿌리는 와중에 등골을 스치는 전율을 느꼈다.

십오 년 남짓한 짧은 강호 활동 기간에도 불구하고 엄청난 무명을 쌓아 올리며 천하 만인을 굽어보았던 절세의 기인.

일신의 무위가 가히 하늘에 도달할 만큼 경이로웠으나 악랄한 속성을 가진 독공을 연성했다는 이유로, 또 남자가 아닌 여자란 이유만으로 끝내 '황'의 칭호를 얻지 못했던 비운의 초고수.

그것이 바로 운몽향아가 방금 말한 독향신마화 임려시애인 것을.

정말 놀라운 비사였다.

육백여 년 전의 까마득한 상고 시대의 무림을 군림했던 임려시애의 활약상은 현재 제대로 된 기록조차 남아 있지 않았고 그 활약상이 구전으로만 내려올 따름이었다. 그런

데 설마 운몽향아가 예의 진전을 손에 넣었을 줄이야.

뜻밖의 사실 앞에 남룡대장의 붉은 눈동자가 투명하게 흔들렸다.

'크음…… 파초대마후, 역시나 녹록한 여인이 아니로군.'

포위의 원진을 이룬 남룡대원들 눈빛도 그와 별반 다르지 않았다.

의문에 의문이 꼬리를 물고.

가장 궁금한 점은 독향신마화라 불리며 강호 무림의 정점에 섰던 임려시애는 무려 육백 년도 더 전의 사람인데 도대체 운몽향아가 어떻게 그 절학을 배워 깨달았느냐는 것이었다.

운몽향아가 이내 미소를 거두더니.

스윽—

마운파초선을 아래로 비스듬히 기울이며 그 의문을 풀어주었다.

『독향신마화는 과거 깊은 산중의 동혈로 들어 외로이 생을 마감했지. 그러나 자신의 진전만은 오롯이 남겨 놓았고, 운 좋게도 이 몸이 그것을 수중에 넣었단다. 여하간 그 독공을 계승했으니 스승이라 칭하는 게 마땅한 도리이지 않겠어?』

사라락.

치맛자락으로 지면을 스치며 전방을 향해 걸음을 내딛는 그녀.

"어디 끝까지 가 보자!"

짤막히 외친 남룡대장이 수신호를 보낸 찰나 '으르릉!' 하고 괴성을 지른 대원 이십여 명이 합격의 검진을 구사하며 맹렬한 기세로 돌진했다.

파파파파파파파—!

시커먼 바위가 한데 뭉쳐 나아가는 듯한 광경.

운몽향아는 느릿느릿한 걸음을 멈추지 않은 채 마운파초선을 횡으로 휘둘렀다. 그러자 어마어마한 독무가 다시 한 번 해일처럼 뻗어 나와 사납게 쇄도하는 적을 휩쓸었다.

슈슈슈슈슈슈슛— 퍼퍼퍼퍼퍼퍼펑!

푸른 아지랑이가 폭성을 터뜨리며 파문처럼 펴져 나간 직후 독무에 휩쓸린 무리는 아까처럼 온몸이 모조리 녹색의 돌로 화해 목숨이 끊겼다.

용심마단의 힘을 단숨에 쇄파해 버리는 절륜한 석화의 독력 앞에 잔여 남룡대원들 낯빛이 급속도로 굳었다.

'저것은…… 감당하기 버겁다!'

남룡대장이 그런 휘하 무리의 심중을 간파한 듯 노성을 발했다.

"절대 물러서지 마라! 이대로 전원 돌격이다!"

하지만 포위망을 구축한 검수들 중 어느 누구도 발을 선뜻 내딛는 이가 없다.

의당 그럴 수밖에.

흉중에 똬리를 튼 두려움이 자꾸만 커져 어느덧 살육의 본능마저 희미하게 지워 버렸으니까.

"어서 덤벼 보렴."

운몽향아가 혀를 날름거리곤 전신으로 나선 형태의 독기를 가닥가닥 발출했다. 마치 녹색의 쇠침이 무수히 내돋친 거대한 철퇴를 대하는 듯한 느낌의 모습이었다.

그때 저 멀리로부터.

"아악!"

날카로운 비명과 함께 사천성 정파 협회의 부회주 옥골대고 이소유가 바닥에 털썩! 쓰러졌다. 그 자리를 중심으로 비릿한 선혈이 빠르게 번졌다.

적진의 주요 고수들 중 한 명인 월룡검단(月龍劍團)의 수장이 뿌린 고강한 검세에 왼쪽 다리가 절단된 까닭이다.

이어지는 섬뜩한 음향.

써걱! 푸하악…….

월룡검단주의 검이 그대로 이소유의 목을 자르는 소리였다.

"크르……!"

이소유를 죽여 없앤 월룡검단주는 맹수와 같은 소리를 흘리더니 즉각 땅을 박차고 운신해 남룡대장 곁으로 향했다.

동시에 월룡검단의 전력 중 일부도 그를 따라 신형을 날렸다.

적이 포위진을 두텁게 쌓자 운몽향아가 두 눈 위로 한층 짙은 살기 내뿜었다.

"내 이미 독향신마화가 남긴 각종 절기를 일찌감치 익혔지만 석화의 묘용을 가진 이 가공스러운 힘은 최근 오륙 년 사이에 익힌 것이란다. 왜 그런 줄 알아? 워낙 악랄한 기예라 애써 깨닫기를 외면한 탓이지. 그렇지만 용신비곡 내의 지옥도를 겪고 나서 마음이 바뀌었어. 이 악랄한 기예가 언젠가 필요할 시기가 올 수도 있으리란 생각에…… 후, 과연 그 판단이 옳았구나."

그 말이 끝나자마자.

쉬이잇—!

잔상도 없이 빠르게 전진하는 교구.

일보에 압축되는 간극이 불가해할 정도로 쾌속한 운신공부 순속비체술이다.

그렇게 포위진의 한 방향을 노려 단숨에 그 앞으로 바싹 육박한 운몽향아가 우수의 마운파초선을 휘둘러 맹렬한 독기를 뿜었다.

퍼퍼퍼퍼펑, 퍼퍼퍼퍼펑!

추풍낙엽처럼 뒤로 세게 튕겨 나간 검수 십여 명은 석화 상태로 지면과 충돌하더니 조각조각 깨지며 부글부글 끓는 기포와 동시에 연기로 화했다.

운몽향아는 그때부터 십만살녹관음독체공을 이끌어 낸 몸으로 독향신마화 임려시애의 최종 절기인 무독석화파멸공(霧毒石化破滅功)을 구사하며 살초를 마구 펼쳤다.

콰, 콰콰…… 콰콰…….

연이은 맹렬한 손속에 의해 두터운 포위진은 단숨에 어지러이 흐트러졌고 독공의 파공음이 울려 퍼질 때마다 석화가 된 적들 모두 끔찍한 형태로 죽음을 맞았다.

장내 다른 곳의 혈투도 그 양상이 급변했다.

운몽향아의 신들린 무위에 힘입어 일진일퇴의 공방을 거듭하던 전세의 승기가 강호 무림 쪽으로 급격하게 기울기 시작한 것이다.

용신부 무리는 결국 이대로 가다가 전원 몰사할 수도 있다는 우려의 눈빛을 흘리며 살의와 전의를 상실해 갔다.

무독석화파멸공을 구사하는 운몽향아와 더불어 도드라지는 활약을 보이던 북리상은 우수의 철검을 휘둘러 세 명의 적을 베어 넘긴 후 냉큼 신형을 선회했다.
이내 내공을 운용한 발을 구르고.
꽈드득—!
흩날리는 눈꽃과 함께 허연 서리가 그의 행로를 따라 바닥에 자욱이 깔린다.
상설신보.
설한의 기파로 공방의 묘용을 동시에 발휘하는 절륜한 경공술이다.
북리상은 쾌속한 운신으로 나아가며 정면에 보이는 장포 차림의 노검수를 노렸다. 그 상대의 정체는 바로 녹룡대(綠龍隊)의 대장이었다.
'음!'
녹룡대장이 한쪽 눈썹을 꿈틀 올리며 반응한 찰나 십 보 거리에 이른 북리상이 검극을 내질렀다.
쐐애액!
일신의 절기들 중 하나인 연환빙검포.
투투투투투툿—!
칼끝으로부터 작은 대포알 같은 냉한의 검기가 한 줄을 이뤄 쏘아진 순간 녹룡대장의 검도 마주 신쾌한 궤적을 흩뿌렸다.
꽈우우우우우우웅!

잇단 폭성이 터져 나오며 일대 지면이 진동하는 가운데.

"우웃!"

짧은 소리를 발한 녹룡대장이 발바닥으로 지면을 지이익! 끌며 일 장 뒤로 미끄러지듯 후퇴했다.

북리상은 틈을 주지 않고 재차 상설신보를 밟아 잠시간 균형을 잃은 상대의 면전으로 쇄도해 들었다. 한데 그 순간 웬 인영 하나가 질풍처럼 나타나 앞을 가로막으며 검을 내리그었다.

슈아앗— 쩌어엉!

귓전을 따갑게 때리는 금속성에 이어 충돌한 기파의 잔해가 물결처럼 번지고.

지이이이익—!

북리상의 신형이 십 보 뒤로 밀렸다.

'저 노인은…….'

그는 갑작스레 등장한 노검수의 외형을 눈동자 속에 담으며 의미심장한 표정을 지었다.

왠지 악독한 느낌을 풍기는 이목구비에 좌측 뺨부터 턱 아래까지 이어진 가느다란 검상의 흉터, 잿빛으로 물든 긴 머리칼, 그리고 백색 장포의 가슴팍에 있는 흉맹한 용 문양.

용신부 내의 높은 신분을 대변하는 복색이다.

단지 외형만 봐선 그 정확한 나이를 짐작하기가 힘들었지만 일신에 보유한 내공이 더없이 심후한 경지에 이른 듯한 고강한 기도를 가졌다.

'결코 내 아래가 아니구나!'

북리상이 그런 상대를 향해 싸늘한 안광을 쏘며 철검 위로 서리 같은 백색의 기류를 뿜었다.

"노부는…… 서룡정의 천위를 맡고 있는 사혁(謝赫)이다."

서룡정, 사혁.

예전 천마신교주 천마제 광뢰 앞에 한 차례 모습을 드러낸 바 있던 그는 전대 강호 무림의 천중팔절이자 포악검귀(暴惡劍鬼)란 별호로 불린 사파 출신의 초고수였다.

"빙백무종, 손에 쥐고 있는 그 철검은 무어냐? 백빙경보검은 어쩌고?"

사혁의 나지막한 물음에 북리상은 일언반구의 대꾸도 없이 공격의 자세를 취했다.

그때.

펄럭펄럭—

포위진으로 맞서던 적 대부분을 죽여 버린 운몽향아가 표홀한 운신으로 나타나 마운파초선을 세워 들었다.

"용정들 중 하나를 죽이면 아마 교두님께서도 무척 기뻐

하실 거야."

하나 사혁은 칼집 표면에 작은 용이 무수히 양각된 검을 뽑을 생각이 없어 보였다.

그 대신 점잖게 이르기를.

"아쉽지만 다음 만남을 기약하는 게 좋겠군."

말을 마친 사혁이 날렵한 경공술을 펼쳐 몸을 빼자 주변에 있던 적들 또한 일제히 손속을 멈추고 뒤를 따랐다.

'놓칠 줄 알고……!'

속으로 고함친 북리상이 즉각 경신 보법을 전개해 추격하려는 찰나 운몽향아가 웅혼한 천리전음으로 명령처럼 말했다.

『부상자는 어서 뒤로 물러나요! 진짜 적이 나타났으니까.』

아니나 다를까.

콰쾅—!

저편의 담장이 무참히 부서지더니 방대한 흑색 기류가 무시무시한 기세로 진입했다.

〈쿠아앙!〉

〈우억, 우어억!〉

〈크허어엉!〉

장내를 울리는 기이한 괴성 앞에 북리상을 비롯한 지랄

굉, 당효악 등은 왠지 모를 섬뜩한 기분에 소름이 돋았다.

오십 명에 달하는 수마인 무리.

그것도 심지어 미완의 상태가 아닌 천무외의 안배로 완성을 본 수마인 무리였다. 그 하나하나가 중원 무림의 일류 고수나 다름없는 괴력을 가진…….

운몽향아가 단전을 세차게 돌려 체내 공력을 한껏 이끌어 내며 읊조리듯 중얼거렸다.

"악몽 같은 그날의 기억을 떠올리게 만드는구나."

*　　*　　*

쩌어엉, 퍼어엉!

관궁이 뿌린 쾌속의 검초에 의해 태을검공 가허의 신형이 뒤로 강하게 튕겨 날아가며 수십 그루의 고목을 깨부쉈다.

우직, 우지직, 우직, 우지직…….

히죽 웃은 관궁이 극상의 경공 수법 부신약영을 펼쳐 쏜살처럼 전진했다.

"크……."

신음을 발한 가허는 몸을 돌볼 새도 없이 급속도로 거리를 압축해 드는 상대의 기척을 느끼곤 검을 머리 위로 쳐들었다.

동시에 육중한 검기가 그 칼날을 강타하고.

까아아아아앙— 퍼어어어어엉!

금속성과 파공음이 터져 나온 직후 가허는 재차 뒤로 튕겨 날아가 큰 바위에 부딪치더니 탁한 핏물을 토했다.

"커허어……."

관궁이 저벅저벅 걸음을 옮기며 살기 가득한 음성을 흘렸다.

"식충이 놈의 발톱 때만도 못한 새끼, 앞서의 허세는 어디로 갔어?"

그 순간 미약한 풍성이 일더니.

스으읏…….

괴로운 소리를 발하는 가허 앞에 신비로운 기도를 가진 인물이 불쑥 등장했다.

은포를 두른 백발의 노인.

나이를 짐작하기 힘든 외형의 그는 숨이 막힐 정도로 패도적인 기도를 풍기며 입을 열었다.

"네가 바로 사종검황이란 아이구나."

신형을 멈칫한 관궁이 작은 머리통을 갸웃하며 물었다.

"너는 또 뭐하는 새끼야? 나더러 감히 아이라 지껄여?"

"엄언."

호홀지간 관궁의 두 눈이 이채를 뿜나 싶더니 이내 그 입가에 짙은 미소가 어렸다.

"옳아, 네가 강선림 우두머리 은암권황이란 놈인가? 이거 참 재미있게 됐군. 크큭, 안 그래도 너랑 겨뤄 보고 싶었는데 말이지."

쿠쿠쿠쿠쿠쿠……!

일대 숲이 드세게 진동한다.

아이 같은 관궁의 몸집으로부터 다시 한 번 가공할 무형지기가 폭발하듯 퍼져 나온 까닭이다.

은암권황 엄언의 태도는 여유로웠다.

"과연 듣던 대로 성미가 급하군. 진정한 맹수는 그 날카로운 이빨을 쉬이 드러내지 않는 법이니라."

그러자 관궁이 광속신황검의 날 위로 기이한 빛깔의 기류를 일으키며 이기죽거렸다.

"크큿, 난 그딴 것 몰라."

상대가 약하든 강하든 적인 이상 그냥 베어 버리면 그만이란 뜻이다.

한편 가허는 내상을 입어 고통스러운 와중에 경외의 눈빛을 감추지 못했다.

'큼…… 정말 감탄스러운 내공 수위로다!'

그간 관궁의 위명은 익히 들었지만 이렇듯 직접 겪어 보니 예상 이상으로 초절한 무력이었다.

얼마 전 그가 사천청풍대회를 통해 존자 반열의 사파 강자를 차례로 제압했다는 정보를 입수했을 때도 별다른 경각심을 갖지 않았는데 오늘에야 비로소 생각이 완전히 바뀌었다.

일신의 공력을 최대로 쏟아부어도 대적하기 버거울 만큼 고절한 무위.

여태까지 그가 출수한 일련의 공세 앞에 자신은 공격이나 반격은 고사하고 방어 검초로 막아 내기에 바빴잖은가.

극쾌의 검학 광속능천검식과 의문의 마기가 조화를 이룬 그 힘은 용심마단을 복용한 힘을 상회하며 시종일관 수세로 몰리게 만들었다.

매 합마다 극성의 내공을 운용했기에 망정이지 안 그랬다면 벌써 팔다리 중 하나가 무참히 잘려 나가고 말았을 것이다.

아니, 거의 그럴 뻔했다.

단지 은암권황 엄언의 시의적절한 등장으로 말미암아 겨우 큰 화를 면했을 뿐.

실로 경악스러운 것은 관궁은 아직도 여력의 내공을 보유하고 있다는 사실인데. 그 증거로 현재 자그마한 몸 밖으로 발산하는 공력이 한층 더 강하게 변했잖은가.

'사종검황…… 역시 여느 무리와 격이 다르군!'

적대 관계를 떠나 같은 무인으로서 그 실력을 칭찬하지 않을 수가 없는데.

그때 엄언이 전방에 시선을 고정한 채 무거운 목소리를 흘렸다.

"너희 용정이 둘 이상 합격하지 않는 이상 청풍검문의 간부진과 정면 승부를 펼치는 것은 자못 위험하다고 일렀거늘"

제 뒤쪽의 가허를 향한 말이었다.

"며, 면목이 없습니다."

그렇게 답한 가허가 가까스로 몸을 추스르더니 검을 지팡이 삼아 조용히 일어섰다.

으직, 으지직, 으직……!

관궁이 사납게 토한 무형지기에 의해 주변 사물이 조각조각 파괴되며 비명을 내질렀고 숲 전체가 투명하게 일그러져 보였다. 뒤이어 눈에 보이지 않는 무수한 칼날처럼 공간을 가득 메우고 드는 투기와 살기가 숨통을 옥죄어 왔다.

하나 엄언의 표정은 여전히 평온할 따름이었고, 내상을 입은 가허만 전신을 짓누르는 육중한 압박감에 괴로운 표정을 지었다.

관궁은 그런 엄언의 태도가 마음에 거슬린다는 듯 입매

를 씰룩 비틀었다.

"센 척하기는."

말이 끝남과 동시에 움직이는 우수.

슈카악—!

횡단의 기세로 단숨에 거리를 격한 검기가 상대의 면전을 엄습한다.

엄언도 비로소 손을 놀렸다.

팟!

빠르게 내지른 우권이 커다란 파문 같은 원형의 권경을 토하고.

쿠하아앙!

검기와 권경이 맞부딪치자 굉음이 사위를 떨쳐 울렸다.

직후.

파파파파파—

초상비를 밟은 관궁이 급속도로 거리를 좁히며 광속신황검을 수직으로 그어 내렸다. 그에 엄언의 우권이 마중을 나가 회오리처럼 맹렬한 기운을 뿜어 맞섰다.

한 치 양보 없이 충돌하는 검력과 권력.

꽈우우우우웅! 콰콰콰, 콰콰콰콰…….

사종검황과 은암권황, 영광스러운 황의 칭호를 가진 희대의 두 초인이 나눈 손속의 힘에 의해 일대 숲은 그야말로

쑥대밭으로 화했다.

이내 엇갈려 드러나는 명암.

엄언은 예의 자리에 부동자세로 버티고 선 반면 관궁은 상체가 살짝 흔들리며 십 보가량 뒤로 밀린 까닭이다.

"호오……."

잽싸게 몸의 균형을 잡은 관궁이 재차 입꼬리를 비틀어 올리더니 나지막한 음성을 뱉었다.

새삼 호승지벽이 발동한 듯 눈동자가 기염으로 이글이글 투명하게 불타오른다. 그런 주인의 의지에 감응한 광속신황검도 이글거리는 기류에 휩싸여 웅웅! 울음을 발한다.

상승 내공을 거듭 이끌어 낸 관궁은 문득 개새를 머릿속에 떠올렸다.

'내공이 보조하는 외공의 성취가 식충이 새끼와 맞먹는 수위인가? 아니, 혹은 그 이상의 수위…….'

기실 엄언은 과거 강호 무림을 활보하던 때에 이미 외공이 도달할 수 있는 마지막 경지라 일컫는 금강불괴지체를 이루며 사파와 정파를 아우르는 최고수로 군림했다. 그게 무려 수백 년 전의 일이니 지금은 그 외공이 타의 추종을 불허할 정도로 엄청난 수준에 도달했을 것임이 분명했다.

"사종검황, 상당량의 내력을 소진한 몸으로 본좌와 대적하는 것은 무리이니라."

그렇게 말한 엄언이 콰! 하고 지면을 박차더니 빛살처럼 정면으로 나아갔다.

질세라 관궁이 마주 돌진하며 광속신황검을 내뻗자 공간을 통째로 꿰뚫어 버릴 듯한 엄청난 파공음이 터졌다.

슈아아아아아앗—!

검극을 통해 한 점으로 폭사된 극쾌의 검기.

예전 용신 검룡제의 가르침을 통해 진화한 광속능천검식의 절초 광속검선이다.

그렇게 기이한 빛살을 발하는 검초와 묵직한 경력을 품은 맨주먹이 한데 어우러지자.

꽈과과과과광— 퍼어어어어엉—!

거대한 충격파가 터지며 방대한 흙더미가 허공으로 높이 치솟았고 기의 잔해가 해일처럼 사위로 마구 뻗어 나갔다.

동시에.

"큿!"

관궁의 신형이 뒤로 세게 튕겨 나가며 여러 개의 고목을 일렬로 쓰러뜨려 눕혔다.

콰직, 콰지직, 콰직…… 꾸궁!

커다란 바위에 등짝을 들이받고 멈춘 그가 이내 분한 듯 관자놀이 위로 시퍼런 핏대를 돌출시켰다.

"이런 씽!"

광속검선에 맞서 발출한 엄언의 힘이 이 정도로 강력할 줄이야.

실수였다.

상대가 황의 칭호를 가진 상대인 만큼 애당초 칠 할 남짓이 아닌 극성의 공력을 발휘한 검초를 뿌렸어야 마땅했는데.

별안간 전방 시야를 가린 자욱한 먼지구름 너머로 웅혼한 목소리가 들리고.

『서로의 탐색전은 여기까지…… 이제 네 실력은 충분히 파악했느니라. 비록 검황의 명 때문에 이만 자리를 뜬다마는 차후 본좌와 다시 만나게 되면 손속에 사정을 두지 않을 것이야.』

바로 엄언이 발한 전성이었다.

"망할 새끼, 어딜 가려고……!"

광속신황검을 고쳐 잡은 관궁이 경공술을 펼치려는 찰나 그리 멀지 않은 곳으로부터 수많은 기척이 감지되었다.

곧이어 귓가에 와 닿는 섬뜩한 괴성들.

"크르르르!"

"쿠어억! 쿠억, 쿠억!"

"카하학!"

흡사 잔뜩 굶주린 맹수 무리가 먹잇감을 발견하고 신이

나 포효하는 듯한 느낌이었다.

관궁은 구태여 육안으로 확인할 필요도 없이 그 실체를 간파해 냈다.

'변절자가 완성한 수마인들!'

아니나 다를까 곧 검은 구름처럼 한 덩어리를 이룬 수마인 오십여 명이 먼지구름을 헤치고 나와 그 모습을 드러낸다.

엄언은 이미 가허를 데리고 사라진 상태였다.

안광을 번뜩인 관궁이 우수로 극성의 공력을 흘리자 지이잉! 하고 소리를 낸 칼날 주위로 찬란한 빛의 기류와 잿빛 마기가 뒤섞여 뾰족하게 치솟았다.

츠츠츳, 츠츠츠츳, 츠츳—!

자극을 받은 수마인 무리가 저마다 발을 세게 구르며 격렬한 반응을 보이더니 반월의 대형을 이룬 채 일제히 돌진해 갔다.

'청성산으로 간 할망구 일행도 비슷한 상황이겠지?'

그렇게 속으로 중얼거린 관궁이 우수에 쥔 광속신황검을 횡으로 내긋자 천신이 휘두르는 칼처럼 거대한 기운이 세차게 뻗어 나갔다.

슈아아아아아아아아—!

* * *

"흠, 지금쯤이면 싸움이 거의 끝났으려나."

검무영의 나지막한 목소리에 하연설이 옷깃을 여미며 물었다.

"어느 쪽이요?"

현재 용신부의 선발대 격인 탐색 전력이 나타난 장소는 아미산, 청성산 두 곳이 아닌가.

"둘 다."

짤막하게 답한 검무영은 이내 신형을 일으켜 세우며 묵필을 허리 옆에 척! 걸었다.

"오늘 저녁엔 숭고한 전사자들 넋을 위해 진혼의 술잔을 돌리는 게 좋겠어. 이것은 단지 전초전일 뿐, 장차 변절자가 총력을 이끌고 나타나면 더욱더 큰 희생을 치르게 될 거야. 하지만……."

목소리를 흐린 그가 고개를 돌려 하연설을 물끄러미 바라보더니 재차 말을 이었다.

"금일 너를 비롯한 각 문도들 수업이 성공적으로 마무리되었으니 조금은 마음을 놓아도 괜찮겠어. 이 모든 과정은 우리 편을 보다 굳건히 지키고 일련의 피해를 최대한 줄이기 위한 안배…… 그러니 너도 그동안의 노력이 헛되지 않게끔 일신의 무력을 가감 없이 발휘해 봐."

그 격려 앞에 두 눈을 빛낸 하연설이 고개를 끄덕이며 말을 받았다.

"네, 반드시!"

그러곤 이내 뭔가 생각난 듯 묻기를.

"곤륜산 쪽을 지키는 인원의 안위가 자못 걱정되네요. 다들 부디 크게 다치지 않기를 바라는데……."

걸음을 뗀 검무영이 문 쪽으로 나아가며 나지막이 일렀다.

"뒤를 지원할 본 문의 예비 전력이 갔잖아. 너무 걱정하지 마. 기존의 계획대로 순조롭게 진행될 테니까."

* * *

꽈아앙!

육중한 소리와 동시에 뒤로 세차게 밀리는 청허진인 사손의 신형.

퍼억!

바위에 등을 부딪친 그가 들릴 듯 말 듯한 신음을 흘렸다.

"으윽……."

용심마단의 힘을 개방한 동룡정 유령검조 구정의 검세는 가히 일절이었다.

“안쓰럽구나, 크흣. 호기로운 기세는 어디로 사라졌느냐? 태극무존이란 별호는 더 이상 쓰지 말거라. 네겐 너무 과분하니까.”

힘겹게 몸을 추스른 사손이 이를 꽉 깨물었다.

‘크흠! 극성 공력의 이기인신무검을 연거푸 튕겨 내다니! 게다가…….’

게다가 자신을 도와 합격을 펼친 사공검가주 자면검귀 사공람, 맹호팽가주 호신포효도 팽춘추마저 앞서 구정의 강맹한 검력 앞에 내상과 외상을 떠안은 상태였다.

하나 이보다 더 충격적인 것은 사해쌍도황 섬맹이 발휘하고 있는 무력인 것을.

전장 저편에 자리한 그는 현재 소림사의 주지 해각과 곤륜파 장문인 진수를 상대로 시종일관 공세 일변도로 싸움을 압도했다.

존자 반열의 두 초인과 맞서며 우위를 점하는 그 절륜한 무위를 보고 있자니 도저히 뼈와 살로 이뤄진 사람이 아닌 것 같은 기분마저 들 정도였다.

쐐액, 쐐애액!

연신 날카로운 궤적을 그리는 섬맹의 쌍도.

펑, 퍼펑!

경쾌한 폭음이 터지며 해각과 진수는 상체가 뒤로 크게 휘며 무려 스무 걸음 남짓한 거리를 후퇴해 섰다.

"으음!"

"크으읏……."

그렇게 각자의 입술 사이로 무거운 신음이 새어 나오고.

해각은 체내의 흔들린 기혈을 가까스로 바로잡곤 속으로 경탄했다.

'대단하다! 검 교두님의 안배로 진일보 성취를 이루지 않았다면 어느덧 목숨을 잃고 말았을 것이야.'

새삼 두려운 건 섬맹이 일련의 손속에 여유를 두었다는 사실이다. 그는 아직까지 용심마단의 힘을 개방하지 않은 상태로 싸움에 임하는 중이었으니까.

만약 그 미증유의 괴력을 이끌어 낸다면 도저히 감당하기 힘들 듯싶었다.

쌍도의 끝을 땅 쪽으로 기울인 섬맹이 히죽 웃으며 여유롭게 걸음을 옮겼다.

"이만 끝을 낼 때가 되었구나."

동시에 두 개의 칼날이 서늘한 예기와 농후한 살기를 마구 퍼뜨린다.

한데 그때.

슈우우우우우웅—!

풍성을 울리며 허공을 길게 가로지른 커다란 짐승 하나가 수많은 인원을 주렁주렁 매단 채로 핏빛 장내에 뚝 떨어져 내렸다.

꾸구궁!

이어지는 울음소리.

므머머머머!

그 정체는 바로 등심이었다.

더불어 등장한 인원은 천패검붕 군율, 빙염시를 위시한 빙옥군 소속의 여무인들.

그것을 본 종남파 장문인 일엽도장이 반색해 소리쳤다.

"아이고, 등심아! 드디어 와 주었구나!"

애검 붕익을 뽑아 든 군율이 즉각 보법을 밟아 해각과 진수 쪽으로 운신하며 육방전성을 터뜨렸다.

『비장의 수를 발동할 때가 되었습니다! 전원 어서 후방으로 물러나십시오!』

第五章
결전(決戰)을 앞둔 술자리

새로운 일행의 등장으로 말미암아 급변하기 시작하는 전장의 흐름.

예의 육방전성을 들은 정파, 사파의 연합 전력은 일제히 적에 맞서던 합격진을 풀고 퇴로를 확보해 움직였다. 그리고 각 무문의 일류 고수진은 휘하의 인원이 후방으로 원활하게 몸을 뺄 수 있도록 기다란 병풍처럼 일렬로 진을 쳐 시간을 벌었다.

단숨에 해각, 진수 곁에 이른 군율이 신속히 붕익의 칼날 위로 빛의 아지랑이를 내뿜자 두 발로 딛고 선 지면이 세차게 진동했다.

드드드드드드드—!

청풍검문에 머물며 일신의 내공 수위가 가파르게 상승한 그는 초장부터 공력을 한껏 개방하며 전방에 자리한 섬맹을 향해 검초를 전개했다.

슈우웃!

주인의 손을 벗어나 새처럼 돌진하는 붕익.

그렇게 섬맹의 지척에 이른 칼이 맹렬한 회전을 일으키며 뾰족한 검기를 마구 쏘았다.

슈슈슈슈슛, 슈슈슈슈슈슛—!

천붕어검도의 절초 천붕전회극.

섬맹은 미동조차 없이 무형의 기막을 생성해 상대의 공세를 방어했다.

퍼버버버버버버벙!

연이은 굉음이 울렸을 때 붕익은 어느덧 방향을 선회해 군율의 손으로 돌아간 상태였다.

잠깐 숨 돌릴 틈도 없이 두 번째 검초가 그 위용을 드러내고.

슈슈슈슈슈슈슈……!

날카로운 음향과 동시에 붕익의 칼날 주위로 날개 형상의 기류가 무수히 내돋치더니 이내 사납게 회오리치며 요란한 풍성을 연주한다.

촤촤촤촤, 촤촤촤촤, 촤촤촤촤—!

흡사 대붕의 날개 수십 개가 예기를 머금은 커다란 검으로 화한 것 같은 기세, 바로 대붕천심검법의 삼대 절초라는 대붕조익난검무였다.

사천청풍대회 때와 비교를 불허하는 아주 강대한 힘이 담긴 듯 칼날 주위에 휘몰아치는 무형의 풍압만으로 사방 대기가 크게 흔들렸다.

찰나 군율이 우수를 놀리자.

후우우우웅—!

신쾌한 팔놀림을 따라 붕익이 새하얀 궤적을 그렸고 대붕조익난검무는 그대로 거리를 격해 뻗어 나가며 파공음을 터뜨렸다.

쐐아아아아아앗—!

그 절초에 맞선 섬맹의 간결한 동작.

차하앙!

쌍도가 교차하며 금속성이 울리자 맞닿은 칼날로부터 거대한 기의 파형이 폭발하듯 번져 나와 수백 개의 칼이 한데 몰아치는 것 같은 대붕조익난검무과 충돌했다.

퍼버버버벙, 퍼버버버버벙……!

연이은 폭성이 메아리치는 가운데 투명한 아지랑이가 사위로 확! 번지며 시야를 어지럽혔다.

이내 섬맹의 목소리가 군율의 귓전에 와 닿았다.

"대봉성의 검학으로 본좌를 상대할 수 있으리라 여겼느냐? 사상존인 묵 성주도 안중에 없는데, 하물며 너 같은 애송이 따위는…… 크흐흣."

과연 그랬다.

예의 자리에 오롯이 선 섬맹은 대봉조익난검무를 정면으로 맞받아치고도 아무런 영향을 받지 않은 모습이었다.

군율은 전신의 피부가 팽창하는 긴장감을 느꼈다.

'음! 사해쌍도황…… 상고 무림의 전설로 남은 초인답게 실로 막강하구나!'

이렇듯 마주하자니 과거에 천봉대검존 묵진겸과 처음 만났을 때와 비슷한 전율이 몸속을 빠르게 관류하는 기분이었다.

가히 적수를 찾기 힘든 초월적인 존재.

구태여 칼을 수십 합 이상 맞대 보지 않아도 쉬이 알 수 있다.

현재 섬맹이 보유한 힘은 당대 존자 반열의 강자라 해도 함부로 범접할 수 없는 그것임이 분명했다. 이미 두 존자 해각, 진수를 상대해 공세 일변도로 압도하며 그러한 사실을 증명했잖은가.

짐작건대 적어도 네다섯 명의 절륜한 초인이 한꺼번에

들이쳐야 겨우 동수를 이룰 수 있지 않을까 싶을 정도였다.

여느 존자를 상회하는 사상존의 상석이자 환골탈태를 추가로 성취한 묵진겸이 아닌 이상 그와 정면 대결을 펼쳐 결판을 내는 건 불가능하리라.

게다가 어디 그뿐인가.

강선림의 황이 아닌 용정 급의 인물만 해도 여느 존자 반열을 웃도는 힘을 가졌고, 용신부의 깃발 아래 굴종한 마도무림의 일류 마인들 또한 하나하나가 고강한 무위를 과시했다.

눈동자를 빛낸 균율이 전음입밀로 속삭이듯 일렀다.

『두 분, 전사자가 더 발생하기 전에 서둘러야 합니다! 이곳의 싸움을 마무리한 후 한중에 포진한 본대로 합류해 최후의 결전을 준비해야지요!』

직후 해각과 진수가 신속히 눈짓을 주고받더니 전음입밀로 화답하고.

『아미타불, 이제 노납이 보유한 모든 불력의 기운을 토해 보이겠네!』

『음! 검 교두님의 묘안이라면 적을 꼼짝달싹할 수 없게끔 만들 수 있을 것이야!』

균율이 고갯짓으로 모종의 신호를 보낸 순간 해각의 노구가 눈부신 금광을 내뿜으며 웅장한 소리를 퍼뜨렸다.

고오오오오, 고오오오오—!

—높고 또 높아 더 이상 펼칠 것이 없는 지혜를 얻어 행하며 삶을 영위하는 불제자가 되어 크나큰 광명의 깨달음을 얻기를 바란다.

과거 오엽선사가 소림사 내의 한 바위에 새겨 놓은 문장을 머릿속에 떠올린 해각은 일신의 정심한 내공을 있는 대로 끌어올렸다. 그러자 소림사 장문 방장의 위를 상징하는 예스러운 법복이 한껏 부풀어 올라 세차게 나부꼈다.

명불태허심법의 요체.

그것을 기반으로 한 극성의 공력이 사내의 최상승 기공 대승범천신공을 통해 조화를 이루며 발현되고 있다.

뒤이어 진수도 체내 진기를 운용하자 저 높은 하늘처럼 푸른 빛깔의 기류가 새어 나와 금세 신형을 감싸고 맴돌았다.

스스스스슷, 스스스스슷!

곤륜파 고유의 상청무상일기심법(上淸無上一氣心法)을 완벽히 터득하면 비로소 몸에 지니게 되는 태청진기(太淸眞氣)였다.

그렇듯 두 존자가 내공을 한 줌도 남기지 않고 이끌어 내자 군율도 질세라 단전을 빠르게 돌려 극성 수위의 내공을 운용했다.

세 명의 고강한 기운이 한데 어우러지니 발밑의 땅이 그 힘을 견디지 못한 채 거미줄 같은 금을 그리며 비명을 내질렀다.

쩌저적, 쩌적, 쩌저저적, 쩌저적……!

그러는 사이 정파, 사파 연합 전력 중 삼분지 이 가까이가 저 뒤쪽으로 몸을 뺐고 나머지 인원도 차례로 적의 공세를 피해 점진적인 후퇴를 행했다.

빙염시를 위시한 빙옥군은 횡대를 이룬 일류 고수진에 합류해 맞서며 그 퇴각 작전을 도왔다.

물론 등심도 가만히 있지 않았다.

"므머머머!"

우렁찬 소리와 함께.

두두두두두, 두두두두두두—!

그 커다란 몸집이 땅 위를 마구 구르며 사방에 산재한 적을 무차별적으로 튕겨 낸다.

"큼!"

"우웃!"

등심의 맹렬한 구르기 앞에 용신부 무리는 저마다 짧막한 소리를 내뱉으며 인상을 찌푸렸다.

체내로 엄습하는 충격은 둘째 치고 자못 황당무계하다는 눈빛들.

소가 마치 벌레처럼 몸뚱이를 동그랗게 말아 빠르게 움직이는 것도 당혹스러운 일인데 그에 실린 힘도 외공 고수의 그것처럼 무척 견고했기 때문이다.

별안간 섬맹이 입술을 씰룩 비틀어 올렸다.

"후, 무슨 수작인지……."

짧게 중얼거린 그가 쌍도의 끝을 앞으로 겨눈 찰나.

쿠아아아아, 쿠아아아아아—

육중한 무형지기가 투명한 소용돌이를 만들며 엄청난 흡인력(吸引力)을 발산했다.

가공스러운 허공섭물.

전방 시야에 보이는 모든 사물을 마구 빨아들일 것만 같은 위력이다.

몸이 휘청거린 군율은 얼른 검극을 지면에 깊이 쑤셔 박았다.

카가가가가가각—!

칼날이 땅을 끌며 긴 선을 그리는 소리.

섬맹의 허공섭물이 발한 흡인력 앞에 군율의 신형이 그 방향으로 이끌리고 있는 것이다.

'흡!'

화들짝 놀란 해각과 진수가 신속한 운신으로 손을 뻗어 군율의 몸을 꽉 붙들었다.

그때.

펄럭펄럭—

치맛자락을 나부끼며 세 사람 곁에 나타난 빙염시가 미끈한 다리를 위로 쭉 뻗더니 이내 지면을 강하게 짓밟았다.

쾨아앙!

뒤이어 그 발바닥으로부터 눈꽃 형태의 기류가 폭풍처럼 퍼져 나와 허공섭물이 발하는 흡인력의 기운을 잠시간 흐트러뜨렸다.

"흥!"

싸늘한 목소리를 토한 빙염시가 전방을 향해 두 손을 세차게 내뻗자 수백 개가 넘는 백색의 빙화가 암기의 파도인 양 맹렬히 쏘아졌다.

쏴쏴쏴쏴쏴쏴—!

빙궁의 비전 절학인 무극빙화살혼기였다.

무형지기를 거둔 섬맹이 쌍도를 휘둘러 무수한 빙화의 기를 쳐냈다.

퍼버버버벙, 퍼버버벙, 퍼버버버벙……!

그 순간 빙부백장화 수교월을 비롯한 구십여 명의 빙옥군도 일동 앞에 도열해 서더니 저마다 손을 놀려 빙기의 장력을 마구 쏟아 냈다.

파아아아아, 파아아아아아—!

섬맹은 여전히 그 자리에 굳건히 버티고 선 채로 쌍수의 도를 어지러이 휘두르며 맹렬한 공세를 방어했다.

그런 와중에 여유로운 전성까지 울리는 그인데.

『어차피 모조리 죽을 텐데 그 전에 할 수 있는 모든 기예를 펼쳐 보거라! 크하핫!』

한편 가까스로 상대의 힘을 벗겨 낸 군율은 눈동자 위로 기광을 내뿜었다.

'지금이다!'

좌수를 놀린 그가 품속의 돌 하나를 꺼내 쥐더니 체내 공력을 모조리 집중시켰다. 그러자 어떤 신비로운 빛이 안개처럼 발출되어 춤을 추듯 흔들렸다.

『각자의 공력을 여기로……!』

군율의 전음에 해각, 진수가 잽싸게 그 돌을 함께 움키며 내공을 모조리 흘려보냈다.

갑자기 섬맹의 표정이 흠칫 굳었다.

'음? 저건 설마…….'

그때 빙염시가 뾰족한 외침을 터뜨리고.

"전원 빙벽을 구축해요!"

돌연 그녀의 교구를 중심으로 어마어마한 눈가루와 돌풍

이 일며 지축이 흔들리더니 지면으로부터 얼음 장막이 치솟았다.

쿠쿠쿠쿠궁, 쿠쿠쿠쿠쿠쿵!

뒤이어 빙옥군도 극성의 공력을 이끌어 내며 전방에 길고 커다란 얼음 장막을 생성하기 시작했다.

안색이 굳은 섬맹이 천리전음으로 명을 내렸다.

『본좌 주위로 모여라!』

그와 동시에 일제히 행동을 멈춘 적이 날렵한 운신으로 섬맹 곁에 운집했다.

재차 공간을 울리는 천리전음.

『움직여라!』

명이 끝나기가 무섭게 숲 저편으로부터 방대한 검은 기류가 구름처럼 뭉쳐 빠른 속도로 쇄도해 왔다.

바로 수마인 무리였다.

그것을 본 군율이 속으로 외쳤다.

'이때를 기다렸지!'

별안간 예의 돌로부터 광대한 빛살이 폭발하듯 뿜어져 나오며 사방을 환하게 밝힌다.

화아아아아아아아아악—!

수십 마리의 용 형상을 한 빛의 기류는 순식간에 빙벽과 조화를 이뤄 급속도로 퍼졌다.

파파파파, 파파파파파, 파파파……!

마치 얼음 계곡이 새로이 나타난 것 같은 광경.

그렇게 적과 더불어 반경 수백 장 남짓한 공간은 거대한 빙벽이 만든 절진 안에 완벽히 갇혀 버렸다.

군율이 이내 읊조리듯 중얼거렸다.

"사해쌍도황, 아마 당신은 까맣게 몰랐을 테지. 무영이 새로운 용화빙벽을 준비했을 줄은……."

그런 그의 좌수에 들린 신비로운 돌의 실체는 검무영이 가지고 있던 용령옥이었다.

*　　*　　*

"예? 용령옥이요?"

하연설의 물음에 이어 단선후, 마봉, 양욱, 선우경리도 저마다 뜻밖이란 표정을 지어 보인다.

고개를 끄덕인 검무영이 말했다.

"군율한테 준 용령옥엔 내 혼기의 일부가 담겨 있어. 또한 일정 수위 이상의 막대한 내공을 주입하면 용신기를 기반으로 한 기운이 절진의 묘용으로 발휘되게끔 해 놓았지."

"절진의 묘용? 그게 뭔가요?"

하연설이 호기심 가득한 눈빛을 쏘자 검무영이 씩 웃으며 나지막이 이르기를.

"용화빙벽."

순간 적전제자들 모두 화들짝 놀라며 저마다 탄성을 흘렸다.

"아……! 용화빙벽!"

"와! 그건 예상조차 못했습니다."

"정말 대단한 묘수로군요!"

직후 하연설이 재차 물음을 던지고.

"교두님, 그렇다면 새로운 용화빙벽을 이용해 곤륜산을 침범한 적을 모조리 가두어 버릴 수 있게 되는 건가요?"

"맞아, 한시적일 뿐이지만."

"한시적? 그럼 그 용화빙벽이 며칠 정도만 유효하다는 말씀이에요?"

"그래."

짤막하게 답한 검무영이 기다란 붓대를 만지작거리며 다시 목소리를 이었다.

"알다시피 예전 용신비곡 내에 있던 용화빙벽은 영감도 처음으로 시도해 완성한 것이었지. 그 때문에 봉인이 완전무결하지도 않았고. 하물며 천부의 용신도 아닌 사람인 내가 만든 것인데 아무런 흠결이 없다는 것은 어불성설인 법.

하지만…… 현재의 적을 곤혹스럽게 만들기엔 부족함이 없는 힘이다."

그 말을 들은 하연설이 대충 짐작이 간다는 듯 머리를 주억였다.

"이전의 용화빙벽도 인세에 다시 보기 힘들 엄청난 결계로 작용했잖아요. 수마대령과 그 휘하 무리를 감금한 채로 무려 일천 년이란 기나긴 세월을 버텼을 만큼…… 그러니 교두님을 통해 다시금 발현된 용화빙벽도 아마 상당한 위력을 발휘할 테죠. 비록 용신의 그것에 미치진 못한다고 해도 말이에요. 그나저나 용화빙벽 안에 갇힌 적은 어떤 영향과 피해를 받게 되나요?"

그 질문과 동시에 단선후, 마동 등 나머지 적전제자도 궁금하다는 듯 눈동자를 초롱초롱 빛내는데.

하나 검무영의 대답은.

"설명하기 귀찮아."

그렇듯 심드렁한 표정과 목소리로 일동의 기대를 저버렸다.

양욱이 인상을 구기며 속으로 투덜댔다.

'어이구, 또 시작이군!'

핵심적인 의문점을 짚기만 하면 늘 저런 식으로 얼렁뚱땅 넘어간다.

그동안 워낙 많이 겪어 본 터라 새삼스러울 일도 아니지만 흉중에 강한 궁금증이 치미는 것은 여전히 어쩔 수가 없는 노릇이다.

한숨을 쉰 하연설이 고개를 절레절레 흔들다가 다시 말했다.

"한데 용화빙벽을 만드는 방법을 어떻게 깨우치셨죠? 그것만 좀 가르쳐 주세요. 솔직히 너무 궁금하다고요."

기실 검무영은 예전 자신의 과거사를 소상히 밝혔을 당시 용신 검룡제로부터 용화빙벽을 생성하는 방법과 관련한 모종의 가르침을 받았다는 이야기를 한 적이 없었잖은가.

검무영이 머리 뒤로 손깍지를 끼며 말했다.

"뭐, 용신비곡 밖을 나와 이래저래 시간을 보내다가 자연스레 터득했어."

"엣? 그, 그게 무슨……."

당혹의 빛으로 물드는 하연설의 옥용.

물론 단선후, 마봉 등 다른 적전제자들 반응도 매한가지였다.

용화빙벽이 무슨 간단한 도구를 만드는 작업도 아니고 그냥 자연히 깨달았다니, 저게 말이나 되는 소리인가! 라는 눈빛들.

일동의 호기심을 외면한 검무영은 이내 두 눈을 지그시

감으며 상념에 잠겼다.

—궁은 반로환동과 환골탈태를 이뤘고, 향아는 천무여와성맥의 신체를 보유했으며 개새는 짐승을 초월한 전설적인 신수에 가까운 힘을 지녔다. 우리가 머무는 이곳에 너희 셋이 모이게 된 것은 아마도 우연을 가장한 필연…… 인세에 홀로 남은 내가 마지막 임무를 수행할 수 있게끔 하늘이 안배한 게 아닐까 싶은 생각이 드는구나.

뇌리를 맴도는 용신 검룡제의 목소리.

회상과 함께 엷은 웃음기를 머금은 그가 속으로 중얼거렸다.

'우연을 가장한 필연…… 영감, 과연 그 말이 옳았어. 이번 일로 말미암아 우리의 인연이 얼마나 소중한 건지 새삼 깨달았어. 궁, 향아, 그리고 개새, 이 믿음직스러운 동료들이 없었다면 나도 일련의 계획을 짜는 데에 자못 부담스러웠을 거야.'

뒤이어 머릿속으로 예의 전언을 들었을 때의 광경이 그림첩처럼 빠르게 스쳐 지나갔다.

—무영아, 이것을 복용하거라. 내가 줄 수 있는 최후의 선물이니라.

당시 검룡제는 자신의 복부를 깊이 쑤셔 내단을 꺼내 주었다. 그 시뻘건 핏물이 가득한 손바닥 위에 놓여 있던 작은 환단, 즉 용신의 내단은 지금도 기억 속에 선명히 남았다.

—노부의 힘을 계승한 이대 검룡제의 탄생이로구나.

그 상념을 끝으로 다시금 눈을 뜬 검무영은 문득 제 가슴 위로 한 손을 살며시 가져다 댔다.

'영감, 용신비곡에 머물며 당신의 가르침을 받은 것은 일생의 영광이자 내 삶의 방향을 송두리째 바꾸게 한 더없이 소중한 추억이야. 주는 것 없이 늘 받기만 해 빚을 진 기분이었는데, 드디어 비로소 그 무거운 빚을 조금 청산할 수 있을 것 같아. 사승의 고리를 끊고 자신의 영달을 꾀하기 위해 도망쳤던 변절자를 베어 버림으로써…….'

별안간 흉중에 휘몰아치는 짙은 살심.

누군가를 죽여 없애고 싶은 격렬한 마음을 품는 것은 이

번이 처음이었다. 과거 수마대령을 상대로 싸울 때도 이러진 않았는데.

꽉—

우수가 본능적으로 움직여 묵필을 검쥔다. 그 최후의 순간을 고대하고 있다는 듯이.

심경을 읽은 걸까.

하연설이 조금 걱정스러운 듯 목소리를 낮게 깔아 물었다.

"교두님, 제아무리 용신기를 온전히 계승할 수 있는 대천용령지체라 해도 천부의 용신이 가진 초절한 신력에 비할 바는 아니잖아요?"

단선후, 마봉 등도 그 물음에 담긴 뜻이 무엇인지 잘 알고 있다.

과거 용신은 혼기를 쪼갠 힘으로 용화빙벽이란 미증유의 봉인 결진을 구축하며 고유의 신력이 점차 약화되고 말았다. 그로 인해 용화빙벽에 갇혔던 수마인 무리가 탈출하는 경우도 시간이 흐르면 흐를수록 빈번하게 일어났다.

그렇듯 하늘로부터 온 신마저 큰 영향을 받기 마련인데 사람인 검무영이 자신의 혼기를 쪼개 용화빙벽을 만들었으니 그만큼 일신의 힘이 이전보다 많이 줄지 않았느냐는 우려를 표한 것이었다. 즉 그런 상태로 흑룡의 혼마저 융화해 이제껏 없던 새로운 존재로 탈바꿈한 천무외와 싸움을 벌인다면 자칫 모종의 위험을 초래할 변수의 발생 가능성도 완전히 무시할 수 없으리라는…….

검무영이 고개를 돌려 하연설의 얼굴을 물끄러미 보다가 입을 열었다.

"물론 영감의 경우처럼 내 힘도 약화되었지. 기존의 천룡결진을 지탱하는 것에 더해 용화빙벽까지 만들었으니까."

동시에 적전제자들 안색이 돌처럼 흠칫 굳었다.

"……!"

예상은 했지만 차마 듣고 싶지 않은 말이었는데.

그때 검무영이 입매를 올려 미소를 그리더니 무심한 음성으로 일렀다.

"훗, 그래도 내가 이겨. 걱정 따위는 접어 둬."

"저, 정말이죠?"

하연설의 물음이 끝나기가 무섭게 검무영이 대수롭지 않은 눈빛으로 어깨를 으쓱인다.

"수백 개의 들통으로 광대한 호수 물을 아무리 많이 퍼낸다 한들 그 영향이 얼마나 될 것 같아?"

일동은 별안간 머리털이 쭈뼛 서는 커다란 전율에 휩싸였다.

'와……!'

이 세상에 검무영처럼 믿음직스러운 존재가 과연 또 있을까, 라는 감탄의 눈빛들. 비록 방금 전에 내뱉은 말이 근거 없는 자신감이라 치더라도 말이다.

직후 검무영이 천연덕스러운 표정으로 한술 더 떴다.

"호수 물이 아니라 바닷물일 수도 있고. 뭐, 어쨌든."

하연설을 비롯한 일동은 멍한 시선으로 똑같이 생각했다.

'본 문에 몸담기 전 뭔가 깨달음을 얻은 게 확실해! 십중팔구야! 그러지 않고선…….'

*　　*　　*

"비장의 수가 이것이라니."

사해쌍도황 섬맹은 그렇게 중얼거린 후 사방 공간을 차단한 거대한 빙벽을 둘러보았다.

지면과 벽면, 천장, 그 어느 곳도 빈틈 따윈 보이지 않는 견고한 봉인이다.

거대한 성채조차 비교할 수 없을 만큼 어마어마한 규모를 자랑하는 용화빙벽 내엔 현재 섬맹을 포함해 강선림과 용신부, 마도 세력들, 그리고 수마인 무리까지 합한 수만 명이 한꺼번에 갇혀 버린 상태였다.

지척에 선 황룡대장이 낮게 말했다.

"설마 용령옥에 혼기를 쪼개어 담아 용화빙벽을 만들어 낼 줄은 몰랐습니다."

섬맹이 매서운 안광을 발하며 머리를 끄덕인다.

"뜻밖의 변수로구나. 이는 아마도…… 놈이 새로운 깨달음을 얻었다는 증거가 아니랴."

가까이에 자리한 은룡대장(銀龍隊長)도 말을 보탰다.

"천부의 용신처럼 자연 만물을 이루는 근원적 기운을 뜻대로 부리는 것은 힘드니 빙궁 무리의 기를 이용하여 힘을 보완했군요. 적인 것을 떠나서 꽤 훌륭한 묘안이라 칭찬할 만합니다."

그러자 바로 옆의 주룡대장(朱龍隊長)도 동의하듯 고갯짓을 보였다.

섬맹이 돌연 의미심장한 소성을 흘리는데.

"크흐흣……."

"왜 그러십니까?"

황룡대장의 물음에 그가 쌍도의 칼자루를 어루만지며 말했다.

"차라리 잘된 일이 아니더냐. 검무영은 무리인 줄 알면서 이 같은 작전을 펼쳤다. 몸은 하나인데 여러 가지 일을 처리하려니 혼기마저 쪼개어 쓰는 무리수를 둔 게지. 무릇 영혼이 가진 기운은 일부분을 나눠 쓰는 것만으로 근간을 이루는 공력이 줄어 버리게 되거늘. 그러한 힘으로 장차 검황의 칼을 제대로 받아 낼 수 있으랴."

그제야 황룡대장도 입가에 미소를 머금고.

"예, 그렇지요."

주변의 휘하 무리도 저마다 고개를 주억이며 나지막한 소성을 발했다.

섬맹이 곧 쩌렁쩌렁한 전성을 터뜨렸다.

『검무영이 안배한 용화빙벽은 과거 용신의 그것에 미칠 바가 아니다! 머지않아 필시 균열을 일으키며 무너지게 될 터! 하나 그 시간을 단축함이 마땅할 것이니 다들 힘을 발휘해 용화빙벽에 큰 충격을 가하라!』

동시에 수만 명이 입을 모아 대답했다.

"존명!"

황룡대, 은룡대, 주룡대를 비롯한 용신부 무리는 즉각 운기와 함께 자세를 갖췄다.

바로 그 순간.

—우우우우우우우우우우!

장내에 거대한 용이 포효하는 듯한 소리가 웅장하게 터져 나왔다.

갑작스런 상황에 섬맹이 흠칫한 찰나.

슈슈슈슈, 슈슈슈슈슈, 슈슈슈슈슈슈……!

공간 전체에 기이한 음향이 시끄럽게 울려 퍼지더니 용화빙벽 표면으로부터 무수한 빛살이 발출되었다.

뒤이어 귓전에 와 닿는 당혹스러운 목소리들.

"아니! 이게 무슨……!"

"이럴 수가, 체내의 용신기가……!"

"아, 안 된다!"

셀 수도 없이 많은 빛살이 용신부 무리를 뒤덮자 각자가 지닌 용신기가 거짓말처럼 사라지기 시작한 까닭이다.

파풍, 찬섬, 멸절 등 각자가 하나씩 지니고 있던 용신기는 그렇게 급속도로 몸 밖을 나와 무수한 빛살과 어우러져 소멸했고 그 영향으로 내공마저 한 단계 아래로 떨어지게 됐다.

심지어 뭔가 폭발하는 것 같은 둔탁한 소리도 잇달았다.

퍼퍽, 퍽, 퍼어억, 퍽……!

용화빙벽의 빛살이 발휘한 신비로운 힘 앞에 용신부 검수들 머리통이 차례차례 터지며 선혈과 뇌수를 퍼뜨리고 있다.

비로소 사태를 파악한 섬맹은 심중에 불타오르는 분노를 주체하지 못한 채 고함쳤다.

"검무영! 네가 감히……!"

수만 명의 원정대를 이끄는 영수로서 대책 없이 보고 있을 수는 없는 노릇.

낯빛을 굳힌 섬맹이 즉각 손짓을 보내며 외쳤다.

"백우선령(白羽仙靈)!"

동시에 그 부름을 받은 강선림 소속의 백의 청년이 대답했다.

"예, 도황! 하명하십시오."

"서둘러 소선환(笑仙丸)을 나누어 줘라!"

"하오나……."

백우선령이라 불린 젊은 사내는 망설이는 기색이었다. 그러는 동안 예의 빛살에 휩쓸려 목숨을 잃은 시신의 수는 한층 빠른 속도로 늘어만 갔다.

퍼퍼퍽, 퍼퍽, 퍼퍼퍽…… 퍼퍼퍽, 퍼퍽……!

쉬지 않고 귓전을 때리는 둔탁한 음향, 무참히 으깨진 박처럼 쇄파되어 비산하는 머리통 조각, 그리고 일대 지면을 적시는 싯누런 뇌수와 시뻘건 선혈.

말 그대로 지옥도 같은 광경이다.

"네 눈깔엔 저것이 보이지 않느냐! 보급품을 아낄 때가 아니다!"

핏대를 세우며 다그친 섬맹이 대뜸 칼자루를 꽉 움키자 백우선령이 사색이 된 얼굴로 신형을 크게 움찔했다.

심사가 뒤틀릴 대로 뒤틀려 여차하면 직속 수하마저 가차 없이 베어 버릴 것처럼 흉맹한 기세였기 때문이다.

"며, 명을 받듭니다!"

그렇게 백우선령을 비롯한 강선림 소속 남녀 오십여 명은 각지 지니고 있던 소선환을 용신부 검수 무리한테 지급하기 시작했다.

섬맹이 천리전음의 수법으로 일렀다.

『소선환을 복용하자마자 운기를 행하라! 그러면 일시적으로 체내 모든 기맥을 보호할 수 있을 것이야!』

폭풍과 같은 빛살의 기세 앞에 우왕좌왕하며 제 한 몸 지키기 바쁘던 검수 무리는 비로소 심기를 수습하며 소선환을 씹어 삼켰다.

그런 와중에.

꽈광, 꽝, 꽈광, 꽈과광—!

용화빙벽의 표면을 광폭하게 두들기던 저편의 수마인 무리가 하나둘씩 동작을 멈추고 고개를 돌리더니 용신부 검수들 쪽을 응시했다.

"그르르…… 그르르, 그르르르……."

"우어억, 우어억……."

"크헝, 크헝……!"

이내 두툼한 입술 사이로 드러나는 뾰족한 송곳니.

저마다의 핏빛 눈동자 위로 어떤 이채가 짙게 떠오른다.

다들 뭔가를 갈구하는 기색이다.

뒤이어.

쿵, 쿵, 쿵, 쿵…….

흑색의 거대한 덩어리를 이룬 수마인 무리가 묵직한 발소리를 내며 한 방향으로 나아가자 섬맹은 심상치 않은 분위기를 느꼈다.

'이것은…….'

바닥에 쓰러져 누운 수많은 인육이 풍기는 비릿한 피 냄새로 인해 억눌러 놓은 추악한 식욕이 새삼 고개를 든 것임이 분명했다.

"멈춰라!"

황룡대장이 목청을 돋워 소리쳤지만 수마인 무리는 전진을 멈추지 않았다. 되레 걸음걸이가 더욱 빠르게 변했다.

꾸쿵, 꾸쿵, 꾸쿵, 꾸쿵, 꾸쿵—!

천무외의 안배로 수뇌부 명령에 복종하도록 되어 있는 수마인 무리인데 지금 이 순간은 그 심령 제어의 고삐가 풀려 버린 것 같았다.

무수한 빛살이 내뿜은 기운이 수마인들 뇌리에 모종의 자극을 가한 걸까.

황룡대장을 따라 은룡대장, 주룡대장도 당장 멈추라고 외쳤지만 아무런 소용이 없었다.

"카하악, 카하아악!"

"우억! 우억, 우어억!"

"크흐응!"

수마인 무리는 그렇듯 산 사람을 잡아먹는 포학무도한 습성, 그 충동적인 살의를 대변하듯 일제히 사나운 괴성을 내지르며 조금씩 간극을 좁혀 왔다.

"전원 후방으로."

안광을 번뜩인 섬맹이 짤막한 말과 함께 손짓을 보냈다.

직후 다섯 개의 검단과 세 개 검대의 검수들, 새외 마인들 모두 멀찍이 후퇴했고 소선환 지급을 끝낸 강선림 인원은 섬맹의 등 뒤쪽에 병풍을 펼치듯 긴 횡대를 이뤘다.

백우선령이 조심스럽게 말을 건넸다.

"도황, 저것 역시도 일시적인 현상일 것입니다."

"검무영…… 생각 이상으로 교활한 놈이구나. 보기 좋게 뒤통수를 맞았도다."

나지막이 중얼거린 섬맹이 좌우 허리에 걸린 도의 칼자루를 움키더니.

사악, 사아악—

가슴 서늘하게 만드는 음향과 동시에 날카로운 도의 나신이 드러난다.

그제야 수마인 무리가 우뚝 정지해 섰다.

대략 이십 보 남짓한 간격.

섬맹이 새하얀 기파를 머금은 쌍도를 지면으로 향하게 기울이며 말했다.

"주제도 모르는 이 미친한 마물들…… 지금 이 시간 이후로 본분을 잊고 함부로 설친다면 중원 놈들 고기 맛을 보기도 전에 너희가 먼저 저승으로 떠나게 될 것이야."

동시에 그가 체외로 발산한 무형지기의 압력이 장내 공기를 진동시켰다.

쿠우우우웅!

막강한 기도 앞에 주눅이 든 건지 수마인 무리는 주위에 마구 널브러진 시신들 쪽으로 눈길을 돌리며 찐득한 침을 흘렸다.

생존한 사람은 두고 이미 죽어 버린 자들 고기로 배를 채우려는 모양이다.

섬맹은 비로소 예의 살벌하던 안색을 살짝 풀며 나지막한 음성을 내뱉었다.

"수마인들 심령을 흔들어 놓다니…… 과연 검룡제의 칭

호를 계승한 후인답군."

바로 그때.

무리의 최선두에 선 수마인들 중 일부가 반항하듯 괴성을 토하더니 땅을 박차고 맹렬하게 돌진했다.

두두두두, 두두두두두—!

지축을 흔드는 육중한 발소리.

"갈!"

대갈일성을 지른 섬맹이 쾌속하게 휘두른 쌍도가 전방으로 궤적을 그리며 어마어마한 도기를 내뿜었다.

슈아아아아아아앗—!

*　　*　　*

"과연…… 이것이 용화빙벽……."

소림사 장문 방장 해각은 시야를 가로막은 거대한 얼음 장막의 공간을 바라보며 감탄 섞인 목소리를 발했다. 그러다가 곧 다리에 힘이 빠진 것처럼 자리에 털썩 주저앉았다.

"괜찮으십니까?"

군율이 그렇게 물으며 해각의 몸을 부축해 일으켰다.

"아, 심려치 말게. 노납이 앞서 공력을 모조리 소진한 탓에 잠깐 현기가 일었던 걸세."

"예, 무리도 아니지요. 저도 현재 용화빙벽 발동 때문에 간신히 서 있을 만큼의 내력만 남았으니까요. 어쨌든…… 우리의 작전은 성공했습니다. 무영도 조만간 이 사실을 알게 되면 아주 흡족해할 것입니다."

"예전 검 교두님을 봤을 때는…… 이 작전을 펴는 과정만 들었을 뿐이라네. 저 속에 갇힌 적은 앞으로 어떻게 되는 겐가?"

"적어도 총력의 삼분지 일 이상이 큰 피해를 입을 것으로 예상하고 있습니다."

군율은 그렇게 이른 후 일전 검무영한테 들었던 용화빙벽의 숨은 묘용을 가르쳐 주었다. 그러자 주변에 모인 무인들 모두 나지막한 탄성을 자아냈다.

곤륜파 장문인 진수가 파란 하늘로 시선을 던지며 읊조리듯 중얼거렸다.

"중원 무림 전체가…… 검 교두님께 실로 큰 빚을 졌구려."

고개를 끄덕인 군율이 재차 말을 보탰다.

"모름지기 싸움은 상대를 털 수 있을 때 인정사정없이 탈탈 털어 혼을 내야 제맛이지요."

돌연 곁에 자리한 빙염시가 특유의 냉랭한 목소리를 발하는데.

"미남, 그 말투는 뭐죠?"

"아…… 이곳으로 오기 전에 무영이 했던 말입니다. 훗, 한번 따라해 봤지요. 그나저나 미남이란 소리는 그만 좀 할 수 없습니까? 듣기도 민망하고, 엄연히 '율'이란 이름도 있는데."

"추남보다는 낫잖아요."

"그야 그렇지만……."

한편 주변에 있던 젊은 여인들 중 일부가 저마다 군율의 얼굴을 힐끔힐끔 살피며 속닥거렸다. 아마 그 헌앙한 자태에 대해 각자 뭐라고 이야기를 나누는 듯싶었다.

군율은 예의 시선을 느꼈지만 자못 쑥스러워 일부러 모른 척했다.

그때 빙염시가 무표정하게 입을 열었다.

"기를 상당량 소진했더니 피곤하네요. 조교님이 계셨다면 추궁과혈을 베풀어 주셨을 텐데."

그러더니 자신의 뽀얀 발목을 슬쩍 내려다본다.

'윽……!'

군율은 저도 모르게 인상을 구겼다.

공연한 질투심 자극이다.

신체의 힘을 강시화한 천빙강옥지체가 피로감을 느끼다니, 어디 말이나 될 법한 소리인가. 여력이 있고 없고, 그걸 떠나서 육신의 노곤함은 일절 느끼지 못한다는 사실을 이미 다 아는데.

빙염시가 이내 차가운 표정으로 말하기를.

"찹, 찹, 찹."

바로 개새의 추궁과혈 소리를 흉내 낸 것이다.

동시에 군율의 얼굴이 한층 더 흉하게 일그러졌다.

"크윽! 드, 듣기 싫습니다!"

별안간 개새의 혜광심어가 뇌리를 울리는 듯한 기분마저 드는 그였다.

—차가운 얼음 여자는 발목이 매우 민감하지. 새대가리 검수, 안타깝지만 네 혀론 차가운 얼음 여자를 기분 좋게 만들어 주기엔 역부족일 거야.

'음탕한 수캐 같으니! 맹세코 앞으로 그녀 곁에 절대로 접근하지 못하게 막을 것이다!'

정작 빙염시는 그렇듯 군율이 격렬한 반응을 보이자 흥미가 동하는 듯했다.

"찹, 찹, 찹."

"소저, 내 분명히 듣기 싫다고 말했습니다!"

"찹, 찹, 찹."

"제, 제발 조교님 흉내를 멈추십시오!"

"미남의 약점 발견. 찹, 찹, 찹, 찹."

얼음처럼 냉랭한 얼굴로 그런 흉내를 내니 뭔가 우스꽝스러워 보였다.

"크……! 그만! 그만!"

"찹, 찹, 찹."

"소저, 이러다가 주화입마에 들 것 같습니다!"

"찹, 찹, 찹."

"으윽!"

두 귀를 틀어막고 연신 괴로운 표정을 짓는 군율, 그리고 계속 개새 혀 놀림 소리를 흉내 내는 빙염시.

예의 여무인 일동은 멍한 눈빛으로 그 광경을 바라보며 속으로 생각했다.

뭐지? 저 멀쩡하게 생긴 병신은……?

* * *

슈아앗!

섬뜩한 파공음과 함께 적혈검마 승조운이 뿌린 핏빛 검기가 한 노마인의 허리를 깔끔히 절단했다.

털퍼덕—

그렇게 몸통이 잘린 노마인은 피분수를 터뜨리며 고혼이 되어 이승을 떠났다.

"휴, 드디어 전부 정리가 되었군."

승조운은 나지막이 말한 후 검을 칼집 속으로 철컥! 갈무리하더니 주위를 살폈다.

직후 겸마주 망역, 혈추마승 퇴락, 혈삼마조야 삼화를 비롯한 혈교도 일천여 명이 이내 그 곁으로 모여 섰다.

이곳은 아미산 서편의 숲으로 용신부 선발대를 돕기 위해 온 마도 세력의 마인들 시신이 어지럽게 널브러져 혈향을 퍼뜨리고 있었다.

승조운, 망역 등 사대주교가 이끄는 혈교 전력의 기습을 받고 멸사해 버린 것이다.

바로 그때.

콰콰콰콰콰콰콰콰—!

숲 너머 저 멀리로부터 어마어마한 굉음이 터져 나왔다. 뒤이어 잿빛을 띤 기파가 허공 가득히 퍼지는 장면도 눈동자에 담겨 들었다.

호홀지간 승조운의 낯빛이 흠칫 굳었다.

'혹시 수마인 무리……?'

생각과 동시에 경공술을 펼친 그가 일행을 향해 소리쳤다.

"어서 저쪽으로 가 봅시다!"

* * *

"카악…… 퉤!"

관궁은 바닥에 침을 뱉으며 인상을 한껏 찌푸렸다.

주변 공간은 처참하게 부서져 기존의 모습을 잃은 상태였고 예의 수마인 무리는 먼지처럼 소멸해 그 흔적조차 볼 수 없었다.

그때.

옷자락이 펄럭이는 소리가 무수히 들리더니 승조운을 위시한 혈교 일행이 가까이에 나타났다.

"교관님! 혹시 수마인 무리가 나타난 것입니까?"

승조운이 다가서며 묻자 관궁이 광속신황검을 칼집에 넣으며 투덜거렸다.

"그래. 쌍…… 은암권황이란 놈이 오십 남짓한 수를 이끌고 왔더군. 물론 그 새끼는 시답잖은 소리를 지껄인 후에 도망치듯 사라져 버렸고."

그 말에 승조운, 망역, 퇴락 등이 저마다 놀란 표정을 지었다.

'은암권황 엄언이 이곳에……?'

관궁은 군데군데 찢겨 나간 무복을 손으로 털며 허공을 응시했다.

“제기랄, 기를 많이 소진했더니 자못 피곤하군. 이럴 때 개새 놈이 와 준다면 편할 텐데…….”

그 순간.

“멍!”

짧은 소리가 울리나 싶더니 개새가 허공을 쾌속하게 가로지르며 등장했다.

그것을 본 관궁이 두 눈을 똥그랗게 떴다.

“어?”

공중을 선회한 개새는 갑자기 꼬리의 회전을 멈추더니 궁신탄영의 수법으로 하강했다.

피이이이이이이잉—

공기를 가르는 날카로운 음향에 이어.

뻐어억!

둔탁한 음향이 울리며 관궁의 신형이 뒤로 세게 튕겨 나가더니 큰 바위에 콰앙! 하고 부딪쳤다.

개새의 쾌속한 박치기에 가슴팍 중앙을 강타당한 까닭이다.

“에엑?”

일제히 경악실색하는 혈교 일행.

한편 바위에 등을 받고 바닥에 엎어진 관궁은 괴로운 듯 몸을 부들부들 떨며 성난 목소리를 나지막이 내뱉었다.

"커…… 이 미친…… 개새끼가……!"

그때 지면에 안착해 귀를 쫑긋 세운 개새의 혜광심어가 뇌리를 울린다.

『미안, 애늙은이. 내가 잠깐 착각했어! 몸의 마기 때문에 적인 줄 알았거든.』

분기탱천한 마음을 대변하듯 관궁의 이마빡 위로 굵은 핏대가 쑥 자라났다.

"큭! 착각은 개뿔이……!"

혈교 일행도 저마다 고개를 살짝 끄덕이며 속으로 동의한다.

'암만 봐도 이 기회에 그냥 속 시원하게 한번 때려 보고 싶었던 게 분명한데.'

개새가 귀여운 고갯짓을 보내며 재차 짖고.

"멍. 멍멍."

"닥쳐! 허약하긴 누가 허약해! 큼……."

발끈한 관궁이 힘겹게 신형을 일으켜 세우다가 잠시간 좌우로 비틀댔다. 갑작스레 등장한 수마인 무리를 상대로 구사한 일검에 체내 기운을 다량 소진한 영향이었다.

"제기랄…… 꼴사납게끔. 예전 일이 떠올라 흥분하는 바람에 기합이 잔뜩 들어 내력을 너무 과하게 써 버렸어."

그래도 완성이 된 수마인 무리 오십여 명을 홀로 싸워 말끔히 없애고도 큰 외상이나 내상 따위는 입지 않은 듯했다.

승조운, 망역 등 혈교 일행은 그런 관궁의 절륜한 무위에 새삼 탄복했다. 하지만 다른 한편으론 조만간 닥쳐 올 최후의 결전을 생각하자 묘한 긴장감이 흉중을 엄습해 들었다.

이내 승조운이 조심스러운 투로 물었다.

"교관님, 앞서의 어두운 마기는…… 그 정체가 무엇입니까?"

그러자 다른 마인들 또한 호기심 어린 표정으로 눈과 귀를 기울였다.

언뜻 느끼기엔 혈교나 천마신교의 그것과 비슷한 듯싶지만 그 속성은 전혀 다르다는 사실을 다들 잘 알고 있다.

"과거 나와 겨뤘던 두 마두의 힘을 흡수했지. 물론 내가 의도한 것은 아니다마는."

"흠…… 그렇습니까. 그나저나 살짝 아쉽군요. 기왕이면 장차 용신부 본대가 왔을 때 예의 마기를 꺼내 보이셨다면……."

회심의 비기를 선보인 게 다소 이른 감이 없잖아 있다는 뜻이다.

"너 같은 애송이가 감히 내가 가진 힘의 한계를 섣불리 짐작하려 들다니, 크큿."

몸을 움찔한 승조운의 눈동자가 투명한 파문을 자아냈다.

'뭣? 그렇다면…….'

아니나 다를까 관궁이 웃음기 띤 얼굴로 목소리를 이었다.

"내가 보유한 회심의 비기가 이것 한 가지뿐인 줄 알아?"

동시에 혈교 마인들 모두 놀란 표정으로 나지막한 탄성을 흘린다.

"난 오늘 은암권황 새끼한테 뜻밖의 빚을 졌다. 아무튼 두고 보자고. 차후 다시 만나게 될 그놈이 과연 본좌로 하여금 일부러 아껴 둔 마지막 비기를 꺼내 보이게 만들 것인지 말이야."

그때 개새가 불쑥 끼어드는데.

"멍멍, 멍."

"주둥이 다물어! 죽기는 누가 죽어!"

"멍, 멍."

"뭐가 어째? 관은 어떡하느냐고? 이 괘씸한…… 아직도 폐기 안 했냐? 어! 만년한철을 쓸데가 없어서 어디 관 따위를 만들고 자빠졌어! 큭, 정비사 그 새끼도 마찬가지로 괘

씸하군! 식충이 놈이 만들어 달란다고 아무 말도 없이 덥석 제작해 주다니……!"

혈교 일행은 저마다 머리를 숙인 채 입 밖으로 새어 나오려는 웃음을 참았다.

저것 봐! 방금 전의 박치기도 십중팔구 고의성이 다분했다니까! 조교님은 그저 기회만 되면 언제든지 교관님을 처치해 버리려는 속셈인 거야! 보신탕이 될 위험으로부터 자신을 지키기 위해서!

그렇듯 다들 똑같은 생각으로 표정을 억지로 관리하는 가운데 승조운이 곧 안색을 고치며 물었다.

"오늘 처음 본 은암권황의 무위는…… 우리 쪽과 비교했을 때 어느 정도의 수위인 듯했습니까?"

"쌍, 몰라! 그 노땅이랑 제대로 붙어 보지도 않았는데 뭘 알겠어!"

관궁은 그렇게 신경질적으로 대꾸하곤 개새를 향해 검지를 까딱거렸다.

"그나저나 예까지 왜 왔어?"

"멍, 멍멍, 멍."

"엥? 피곤할까 봐 데리러 와?"

개새가 고갯짓으로 대답을 대신하곤 즉각 털이 복슬복슬한 꼬리를 팽그르르 휘돌려 공중 부양을 한다.

구름처럼 둥실 떠오르는 작은 몸뚱이.

그것을 본 관궁이 입매를 히죽 당겨 올렸다.

"얼씨구, 네가 웬일로 이런 기특한 짓을…… 크큿, 혹시 관을 만든 것 때문에 내심 미안했던 거냐? 뭐, 어쨌거나 가는 길은 좀 편하겠군."

뒤이어 말하기를.

"떠나기 전에 내 발바닥에 추궁과혈이나 좀 베풀어 봐라. 노곤함을 살짝 풀고 가는 게 좋겠다."

하나 개새는 들은 척도 않고 꼬리를 돌리며 떠 있기만 할 따름이다.

빠르고 편하게 귀환하고 싶으면 군소리 말고 뒷다리나 붙잡아, 라는 듯이.

의중을 간파한 관궁이 인상을 찌푸렸다.

"이 망할 개새끼, 평소 원하지 않을 때는 그 더러운 혀를 잘도 놀려 대더니……!"

그러면서 마지못해 공중 부양한 개새의 뒷다리를 꽉 움켰다.

바로 그 순간.

뒷다리를 붙잡은 손바닥을 통해 아주 따뜻한 기운이 체내로 흘러들었다. 또한 그 영향으로 기경팔맥과 십이정경의 주요 기혈이 세게 맥동하며 새로운 활력마저 샘솟았다.

"옳지, 옳지. 그래, 한결 낫군. 크큭."

관궁이 소성을 발한 찰나 개새의 혜광심어가 뇌리를 울렸다.

『오늘 싸움 구경은 잘했어! 이제 청성산에 들러 운몽 할머니도 데리고 가야 해! 오늘 본 문에 전의를 다지는 회합의 술판이 열릴 거래! 그러니 안주를 계속 만들어 상에 올리려면 운몽 할머니 손이 필요해!』

창졸간 관궁의 눈빛이 사납게 돌변했다.

'뭐? 싸움 구경은 잘했다고? 가만! 이 식충이 새끼, 설마…… 인제 막 도착한 게 아니라 아까 수마인 무리가 나타났을 때 당도했던 건가?'

개새가 제 불찰을 퍼뜩 깨닫고 자그마한 몸뚱이를 흠칫 떤다.

아차, 말실수를 했네! 마치 그런 모양새인데.

속내를 읽기 쉬운 그 태도 앞에 관궁은 머리끝까지 열이 뻗쳤다.

"크아악! 날 도울 생각은 않고 숨어서 구경만 했단 말이지! 이런 썅……!"

하나 개새는 시치미를 뚝 떼며 화두를 돌렸다.

『내 독방기(毒放氣)를 흡입하면 더 편하게 갈 수 있을 거야! 미리 독충 요리를 잔뜩 먹고 왔거든! 그러면 비행하는 동안에 소진한 기를 꽤 많이 보충할 수 있어! 최근에 운몽 할머니한테 배운 묘법이야!』

별안간 바람 새는 소리가 들리고.

푸슈웃—

모종의 독성을 품은 방귀에 관궁은 무방비 상태로 당하고 말았다.

'커헉……!'

직후 고개를 떨어뜨리며 혼절해 버린 그.

그런데 고사리 같은 두 손은 여전히 뒷다리를 꽉 붙잡고 있는 상태였다.

개새가 내공을 흡자결로 운용해 혹여 손을 놓치는 일이 없도록 강제적으로 밀착시킨 것이다. 미운 정 고운 정 다 든 상대에 대한 일종의 배려라면 배려랄까.

물론 좀 전의 혜광심어는 그럴싸한 핑계였을 뿐, 연신 노발대발하며 성가시게 굴 관궁의 입을 닫게 만드는 것이 주된 목적이었을 테지만.

승조운이 이내 고유의 사람 좋은 미소를 지으며 말했다.

"하핫, 그럼 저희도 부탁 좀 드리겠습니다."

그렇게 말한 후 관궁을 다리에 매단 채로 둥실둥실 떠오른 개새 가까이로 다가서며 손을 뻗었다.

『저리 가! 마도 무림의 밥벌레! 우리랑 동행하고 싶으면 돈부터 내!』

개새의 혜광심어 앞에 승조운의 낯빛이 새하얗게 탈색되고.

'윽! 도, 돈을 내라고? 우리도 엄연히 청풍검문의 문도인데? 비록 임시직이지만…….'

일행 쪽으로 고개를 돌린 그가 당혹스러운 얼굴로 물었다.

"혹시 돈 가진 사람 있나?"

그러자 혈교도 하나가 어리둥절해하며 말을 받았다.

"예? 아니, 이런 자리에 돈을 가지고 왔을 리가 만무한……."

그때 개새가 발한 혜광심어가 전원의 머릿속을 침범해 들었다.

『미안, 나는 간부진 계급순 우대야! 정 억울하면 성공해, 인간들!』

그러곤 꼬리를 한층 빠르게 돌리며 허공을 격해 저 멀리로 사라져 버렸다.

*　　*　　*

술시(戌時: 오후 7시—9시) 무렵.

새하얀 비단처럼 고운 달빛과 활활 타오르는 등의 불빛이 한데 어우러진 청풍검문의 널따란 연무장.

검무영의 명령으로 푸짐한 술상이 마련된 가운데 당능통, 공야휘, 광뢰, 적우신 등을 포함한 문중 사람들 모두 이곳에 모여 앉아 저마다 나지막한 목소리로 이야기를 나누었다.

분위기가 어느 정도 무르익자 문주 하육기가 술잔을 쥔 손을 높이 들며 말하기를.

"자…… 금일 중원 무림과 새외 무림의 평화를 지키기 위해 싸우다가 희생을 당한 사람들 넋을 기리도록 하지."

그 직후에.

"꾸엉."

"흐어엉."

흥청, 망청이 그 영령을 위로하듯 짧은 소리를 내며 미리 준비해 놓은 종을 치자 다들 숙연한 표정으로 술잔을 들어 올리며 두 눈을 지그시 감고 묵념했다.

이윽고 검무영이 손뼉을 가볍게 짝! 치더니.

"큰 혈전을 앞둔 시기의 마지막 술판이니…… 연륜과 지위의 고하 따위는 깡그리 무시하고 그동안 내게 말하고 싶은 걸 맘껏 입 밖으로 내뱉을 수 있는 시간을 주고자 한다. 아마 다시없을 기회일 거야."

그 말에 적전제자 일동을 비롯해 다들 깜짝 놀란 듯 두 눈을 휘둥그렇게 떴다.

"어머, 저…… 정말요?"

하연설의 물음에 검무영이 씩 웃었다.

"내게 차마 입에 담기 힘든 상욕을 퍼부어도 돼. 지금 이 시간만큼은."

여전히 선뜻 믿기지 않는다는 표정들.

"……."

웃기지 마! 우리가 속을 줄 알아? 저래 놓고 그걸 빌미 삼아 또 마구 두드려 팰 것이 뻔해! 그렇듯 각자의 얼굴에 불신의 빛이 가득한데.

바로 그때.

눈치를 살피던 한 명이 용기를 내 소리쳤다.

"이, 이 건방진 자식! 그…… 그동안 매타작도 모자라 몸통에 칼까지 쑤셔 박고, 사지도 막 잘랐다가 붙이고…… 당하는 사람은 얼마나 괴로운지 알기나 해! 진짜 치가 떨린다고!"

그 목소리에 의해 장내 분위기가 급속도로 얼어붙었다.

고성의 주인은 바로 양욱.

옆에 있던 마봉의 면상이 마치 백지장처럼 하얗게 질렸다.

'히이익! 이, 이 민둥산 새끼가 미쳤나! 아니, 하란다고 진짜 하냐!'

하지만 정작 검무영은.

"그래, 예를 들면 저렇게 말이지."

그 말과 함께 자신의 묵필을 한옆에 놓았다.

'어엇……? 세상에! 지, 진짜로 막 지껄여도 된단 말이지?'

마봉이 의외란 눈빛을 띤 순간 어깨를 으쓱인 검무영이 다시 일렀다.

"이 좋은 기회를 두고 머뭇거리긴. 뭐, 정 믿지 못하겠으면 각서까지 써 주고."

비로소 전원 눈동자를 초롱초롱 빛낸다.

'호오! 이게 웬 떡인가! 그래, 까짓것…….'

그때부터 평제자들, 초등생들, 그리고 간부진인 당능통, 적우신 등까지 가세하여 온갖 험한 말을 퍼붓기 시작했다.

"용신기가 없으면 쥐뿔도 아닌 녀석이 감히 이 늙은 몸을 함부로 대하다니!"

"내 장차 저승에 가더라도 이 치욕을 절대 잊지 않을 것이다! 검무영!"

"날 솥뚜껑으로 협박해 강제 입문을 시키다니! 크윽! 그냥 말로 해도 됐잖아! 물론 내가 얌전히 듣진 않았겠지만!"

"일신의 무력이 상승한 건 고맙다만 그건 그거고, 사람 좀 그만 패! 정말 아파 뒈지겠다고!"

"그래도 명색이 사파 고수이던 내가 근본도 없는 산적 출신한테 억눌려 살게 될 줄은 몰랐다!"

맨 정신으론 차마 말하기가 힘들어 술을 병째로 벌컥벌컥 마신 다음 울분 섞인 목소리를 토하는 인원도 수두룩했다.

하나 검무영은 앞서 공언한 대로 조용히 경청하며 고개만 주억일 따름이다.

하연설은 그 광경을 가만히 보고 있다가 저도 모르게 희미한 미소를 머금었다.

'훗…… 속에 맺힌 게 많았나 보네.'

그 와중에 홍청, 망청은 웬 상품을 판매하기 시작했다.

〈여러분, 비난도 쉬어 가면서 하십시오! 여기 외로운 사내들 마음을 자극할 좋은 상품을 따로 구비해 놓았습니다!〉

〈단돈 은자 다섯 냥! 싸다, 싸! 완벽한 실물 크기, 구비한 상품은 개수가 열 개 한정이므로 조속히 구매를 결정하시기 바랍니다.〉

우습게도 빙염시의 모습을 본떠서 만든 얼음 조각상이다.

그것을 본 일부 문도가 침을 꿀꺽 삼켰다.

"와……! 비…… 비록 얼음 조각상이지만 뭔가 야릇한데."

"에엣, 몰라! 그동안 모은 급여를 다 털어 살 테다!"

"좋아! 나도, 나도!"

이내 열 개의 얼음 조각상을 전부 판매하자 망청이 히죽 웃으며 팻말을 흔들어 보인다.

〈세상에, 빙결성애자(氷結性愛子)다! 더러운 빙결성애자가 나타났다!〉

뒤이어 홍청도.

〈어긋난 욕구에 사로잡힌 불쌍한 족속들! 이래서 수컷은 한심하다니까! 암컷이라 행복해요.〉

망청이 갑자기 홍청의 머리를 콩! 때리며 새로운 팻말을 번쩍 들고.

〈이런 돌대가리, 너는 수컷이라 몇 번을 가르쳐 줘!〉

몸을 움찔한 흥청이 좌절하듯 '흐엉, 흐엉' 하며 앞발로 눈을 가린다.

그로부터 한참 후.

끼이이이—

철문이 열리며 개새, 관궁, 운몽향아가 안으로 발을 들였다.

찰나 마봉이 반색해 손을 흔들었다.

"여보, 드디어 왔소?"

"어머나, 분위기가 한껏 무르익었네요. 조금만 기다리세요. 얼른 맛있는 안주를 추가로 만들어 볼게요."

그때 갑자기 양욱이 술에 취해 딸꾹! 거리며 검지로 누군가를 가리켰다.

"어? 크흐흣…… 진작 숨이 끊겼어야 할 애늙은이, 죽지도 않고 또 왔네! 크흐흣…… 얼씨구씨구, 절씨구씨구……."

동시에 검무영이 중얼거리고.

"내게만 막말해도 괜찮다고 했는데."

아니나 다를까.

"큭! 이 하류 건달 출신 새끼가 미쳤나!"

관궁은 그대로 신형을 날려 양욱의 멱살을 붙잡더니 그를 상대로 앞서 개새한테 당했던 화를 풀었다.

퍽, 퍼억, 퍽, 퍼억—!

"꾸에엑, 꾸엑!"

양욱이 연신 괴로운 비명을 지르는 가운데 선우경리는 한심하다는 듯 머리를 절레절레 흔들었다.

第六章
폭풍전야(暴風前夜)

딸각.

청색 찻잔을 탁자 위에 놓은 공야휘가 조용히 고개를 옆으로 돌렸다. 그러자 그 벽면의 활짝 열린 창문 너머로 연연히 스미는 달빛이 암갈색 동공 속에 가득 담겨 들었다.

휘이잉—

늦가을의 밤바람이 뺨을 차갑게 훑고 지나가자 앞서 술자리의 취기가 비로소 달아나는 기분이다.

평소엔 술을 즐기지 않는 그이나 금야엔 주량을 훌쩍 넘겨 무려 여섯 병을 비우고 말았다.

여느 때와 다를 바 없는 흔한 연회라면 아마 적당히 마신

후 자리를 파했을 테지만 오늘은 영령들 넋을 기리고자 연거푸 잔을 들었다. 체내의 진기를 이용해 몸에 확 퍼진 취기를 태워 없애지 않고 가만히 앉아 있는 것도 그 때문이었다.

바람결에 춤을 추는 등불을 따라 천장과 벽면에 드리운 그림자가 일렁일렁 흔들리는 와중에 공야휘는 희미한 미소를 짓더니 두 눈을 지그시 감았다.

'비록 긴 시간은 아니었지만…… 청풍검문에 머무는 동안 참으로 많은 것을 얻고 또 깨달았구나.'

불현듯 뇌리에 떠오르는 기억.

그것은 바로 회소의 용신기를 터득하기 위한 첫 수업 때 검무영과 대면해 나누었던 대화였다.

—드디어 본격적인 수업의 시작이군요. 마치 예전에 무공을 처음 배우던 시절처럼 가슴이 묘하게 설레는 기분입니다.

—그리 설렐 것 없어. 시간이 조금만 지나면 속으로 상욕을 퍼부을 테니까.

—그만큼 고통스러운 과정이 될 것이라는 말씀이겠지요.

—옛 기록에 의하면 변절자는 일흔 살이 될 때까

지 외상이나 내상을 한 번도 입은 적이 없다고 전하지.

—예, 그 당시 천마신교의 교주와 일전을 벌이기 전까지는 말 그대로 무적이었다고 하지요.

—너도 잘 알겠지만 회소의 용신기를 지녔기에 가능한 일이었어.

—하나 그 회소의 용신기가 천마신교주를 상대론 통하지 않았던 모양입니다.

—맞아, 그래서 죽음을 가장하고 숨은 채 그것을 극복할 방도를 모색하며 세력을 꾸린 것임이 분명해. 각설하고…… 네가 성공적으로 회소의 용신기를 성취한다고 해도 나와 똑같은 묘용을 발휘하긴 힘들어. 모름지기 기대가 크면 실망도 큰 법이니 그 점을 미리 알아 두라고.

—그 말씀은 곧 제가 타인의 상처까지 치유할 수는 없단 의미이지요?

—자신을 치유하는 묘용에 있어서도 자못 차이가 나지. 다시 말해 나처럼 순식간에 원상회복하는 건 어렵다는 뜻이야. 그렇지만 여느 고수에 비하면 매우 빠른 회복을 이룰 수 있어. 게다가 너는 일신에 보유한 공력도 남다르니 내가 예상하는 수준을 상회

할 가능성도 충분하고.

—성취의 수준을 떠나 과욕은 절대 부리지 않겠습니다. 그저 회소의 용신기를 익힐 수 있는 것만으로도 감사할 따름입니다. 참, 궁금한 점이 있는데…… 용신기를 타인에게 계속 나눠 주면 그 힘이 약해지는 것이 아닙니까? 검룡제께서도 과거 천무외한테 일부 힘을 전한 까닭에 세월이 가면 갈수록 용화빙벽을 지탱하기가 버거우셨는데 말입니다.

—뭐, 영감은 그랬지. 신적 존재의 힘은 무릇 인간이 사용하는 내공과 그 속성 자체가 다르거든. 그런 식으로 나눠 주게 되면 의당 약해질 수밖에 없어. 하지만 나와 변절자의 경우는 언제든지 회수가 가능한 용신기야. 쉽게 말해 상대의 몸속에 아주 작은 씨앗 하나를 넣어 준 다음 그것이 싹을 틔우듯 체내 내공과 조화를 이루며 발전하는 것이랄까. 즉, 내가 나누어 준 용신기는 그 사람의 무공을 보완해 주는 수단일 뿐, 그것이 주된 무공이 될 수 없다는 소리이지. 신체를 개조해 용신기를 구겨 넣듯이 억지로 주입해 놓은 용신부 패거리도 마찬가지이고. 하지만 내 아내처럼 예외인 경우도 물론 존재해. 연설은 멸절의 용신기 자체를 주된 무공 중 하나로 승화시킬

수 있는 재능을 가졌으니까.

—흐음…… 그렇군요.

—내가 나중에 회소의 용신기를 사용하지 못하게 끔 싹 거두어 갈까 봐 벌써부터 우려스럽나?

—아닙니다. 그럴 리가 있겠습니까? 교두님께서 회소의 용신기를 가르쳐 주시려는 숨은 이유…… 바로 그 힘을 이용해 정도를 지키는 데 쓰라는 것이 아니겠습니까? 제가 만약 교두님 뜻을 저버린다면 그 즉시 힘을 거두어 가실 테고…… 또한 이 목숨마저도 부지하기 어려우리란 점을 이미 잘 알고 있습니다.

—훗, 마음에 드는군.

그때 검무영은 예의 말이 끝나기가 무섭게 검극으로 자신의 하복부를 냅다 깊이 찔렀다. 그러곤 능청스러운 미소를 띠며 이렇게 말했다.

—이건 맛보기.

거기까지 상기한 공야휘가 엷은 웃음기를 머금더니 속으로 중얼거렸다.

'훗, 그래. 말마따나 진짜 맛보기에 불과했지. 너무나도 고통스러운 과정의 반복 속에 이대로 죽는 게 아닐까 싶은 걱정마저 들었을 정도로…….'

하나 당시도 그렇고 현재도 그렇고 흉중에 그 어떤 후회도 품은 적이 없었다. 아니, 오히려 고된 수업을 받을 때마다 뿌듯함을 느꼈다.

이전과 완전히 다른 길로 나아가게 된 삶.

만약 검무영이란 존재와 엮이지 않았다면 과연 어떻게 됐을까?

십중팔구 아직까지 막강한 권력에 도취해 타 세력의 안위 따위는 상관하지 않는 독선적인 패자로 살았을 것이다. 또한 호적수인 대봉성주 천봉대검존 묵진겸이 이차 철봉대전을 꾀하기 전에 자신이 먼저 그 일을 도모해 강호 무림 전체를 도탄에 빠뜨리고 말았으리라.

지금에 와서 돌이켜 보니 천만다행이란 생각이 들었다.

'새삼 아찔한 기분이 드는군.'

철무련이 주도했든 대봉성이 주도했든 간에 이차 철봉대전이 일어나게 됐다면 중원 땅은 용문검황 천무외를 위시한 용신부의 발아래 무참히 짓밟혀 버렸을 터.

제아무리 검무영이라 해도 뒷받침을 해 줄 동맹 세력이 전무한 상황에선 지금처럼 여러 가지 대비책을 세우기가 힘들었을 테니까.

'교두님의 수완 앞에 탄복한 적이 한두 번이 아니다만…… 현재 우리는 비현실적이라고 표현할 수밖에 없는 전력을 구축하게 됐다. 정파와 사파도 모자라 새외 무림마저 가세한 총력이라니, 천하에 어느 누가 있어 이러한 일을 이룰 수 있으랴.'

그때.

바깥에서 미약한 기척이 일더니 누군가의 나지막한 목소리가 귀에 와 닿았다.

"공야 련주, 안으로 들어도 되겠소?"

순간 공야휘가 뜻밖이란 표정을 지으며 말하기를.

"들어오시오."

그 대답을 기다렸다는 듯 문이 좌우로 입을 벌렸고, 서역 마도를 대표하는 천마제 광뢰와 혈마대제 적우신이 나란히 들어섰다.

"늦은 시각인데 어쩐 일이오?"

공야휘가 물음을 던지며 손짓으로 자리를 권하자 두 교주가 걸음을 옮겨 착석했다.

적우신이 대뜸 술병 하나를 탁자에 올리더니.

"오늘따라 쉬이 잠도 안 오고…… 서로 술잔이나 기울이는 게 어떻소?"

그러자 공야휘가 희미한 미소로 고개를 끄덕인 후 잔을 가지고 왔다.

쪼르륵, 쪼르륵—

각자의 잔에 향기로운 술이 가득 차오른 직후 세 사람은 앞다퉈 그것을 한입에 털어 넣었다.

"크…… 역시 영양사님께서 빚으신 술맛은 일품이군."

그렇게 혼잣소리로 감탄한 적우신은 서둘러 빈 잔에 술을 따랐다.

이내 어색한 침묵이 감돌고.

둥근 탁자에 품자로 자리한 세 사람은 눈길조차 교환하지 않은 채 자기 앞쪽의 술잔만 조용히 비워 낼 따름이었다.

시간이 얼마나 지났을까.

광뢰가 마침내 입을 열며 의미심장한 음성을 발했다.

"이 싸움이 끝나고 나면…… 우리는 다시 적이 될 것이오."

뒤이어 공야휘가 말을 받았다.

"훗…… 당연한 것 아니겠소. 중원 무림과 마도 무림은 추구하는 바가 다른데."

그러자 광뢰가 두 눈을 살짝 빛내더니 안색을 고치고 다시 입을 열었다.

"물론 양 진영이 예의 적대 관계로 돌아간다고 해도, 향후 사오십 년 사이엔 아무런 마찰이 발생하지 않을 것이라 생각하오."

질세라 적우신이 말을 거들었다.

"중원 쪽이 먼저 서역을 침범하지 않는다면."

말을 꺼낸 저의가 뭘까. 혹 공야휘의 의중을 떠보려는 걸까.

"두 교주의 말대로 나 또한…… 이쪽이 칼을 뽑아 들지 않는 이상 정사 무림과 마도 무림은 암묵적인 평화를 유지하리라 여기오. 한데…… 그 수십 년의 유지 기간이 반드시 필요한 것은, 아니 절실한 것은 우리보다 두 교가 아니겠소?"

일순 광뢰와 적우신의 눈빛이 깊게 가라앉았다.

'역시…… 일찌감치 눈치를 챈 모양이구나.'

잠깐 두 눈을 감았다가 뜬 공야휘가 술잔을 어루만지며 말했다.

"이 몸도 자못 궁금하구려. 장차 천마신교와 혈교가 통합하면 어떤 위용을 갖추게 될지……."

찰나 적우신이 술을 따르며 읊조리듯 중얼거렸다.

"물론 이 계획은…… 조운 녀석이 이번 싸움을 치르고도 무사히 생존해 있으리란 가정 하에 성립이 가능한 일이외다."

옆에 앉은 광뢰가 대뜸 정색한다.

"자못 우습구나. 나는 그 애송이를 인정한 적이 없거늘."

"뭣이! 쓸 만한 제자 하나 없이 세력 기반을 홀랑 다 털린 주제에 잘도 그런 말을 내뱉는구나."

"너희 교라 해서 뭔가 달랐을 것 같으냐? 청풍검문에 온통 정신이 팔려 자리를 비운 탓에 그저 운이 좋아 살았을 뿐."

두 교주는 그때부터 신경전을 벌이며 서로 각을 세웠다.

홀연 문 너머로 무심한 음성이 들리는데.

"좋아, 제대로 만들어 봐. 그래야 나중에 두드려 부수는 재미가 있지. 아, 명분이 필요하면 아무 때나 말해. 내가 먼저 시비를 걸어 줄 테니까."

동시에 흠칫 놀란 광뢰와 적우신의 낯빛이 돌처럼 굳었다.

'헉! 거, 검무영!'

재차 검무영의 목소리가 귓전을 두드리고.

"농담이야, 농담. 용신부를 멸하고 나면 서역 일에 관여하지 않을 테니 알아서 잘들 살아. 뭐, 물론 내 심기를 거스르는 짓을 꾸민다면 그날로 명맥이 끊겨 버릴 테지만……

설마 그러진 않겠지?”

그러곤 기척조차 없이 저편으로 사라졌다.

어깨를 으쓱거린 공야휘가 술잔을 비운 후 중얼거렸다.

“오늘따라 술이 참 달구려.”

광뢰와 적우신은 순간 똑같이 생각했다.

술맛이 참 똥맛이라고.

* * *

침상에 대자로 엎어진 양욱은 커다란 덩치에 걸맞지 않게 어깨까지 들썩이며 흐느꼈다.

“크흑…… 크흐흑…… 이런 엿 같은 인생…… 살아서 뭐해! 크흑…….”

“저와 혼인한 것도 포함되는 말이에요?”

선우경리의 나지막한 물음에 양욱이 베개에 파묻고 있던 머리를 번쩍 들었다.

“그, 그게 무슨 소리야! 아니야, 절대 아니야!”

“흥, 속이 보이지 않으니 알 수 없죠. 하여간 사내 마음은 언제 돌변할지 모른다더니…….”

그렇듯 짐짓 냉랭한 투로 대꾸하자 화들짝 놀란 양욱이 두툼한 손을 마구 내저었다.

"어허! 아, 아니래도! 수, 술에 취했다가 죽도록 얻어터진 내 꼴이 한심해서 그냥 홧김에 해 본 소리였어!"

"정말요?"

"암, 정말이지! 솔직히…… 당신처럼 어여쁜 여인은 내게 과분하잖아. 정분을 나눈 것도 모자라 혼인까지 한 것은 말 그대로 꿈만 같은 일이라고. 항상 고맙게 생각하고 있어, 진심이야!"

방긋 웃은 선우경리가 바싹 붙어 앉더니 시퍼렇게 멍이 든 양욱의 얼굴을 바라보며 은근한 어조로 일렀다.

"큰 싸움을 치르기 전에 마지막으로…… 우리 뜨거운 밤을 보내는 게 어때요?"

반색한 양욱이 곧장 그녀의 섬섬옥수를 덥석! 움키더니.

"조…… 좋지!"

그러다가 표정이 돌변한다.

"음, 씻고 기다려. 나는 가서 단 사형을 좀 놀리고 올 테니까. 그럼 화가 좀 풀릴 것 같군. 형수가 잠시 이곳을 떠난 상태라 무척 외로울 것 아냐? 크흐."

말을 끝내자마자 휑하게 나가 버리는 그.

선우경리가 양 손을 허리에 얹으며 한숨을 내뿜었다.

"어휴, 진짜 못 말려!"

덜컥—!

문짝이 열리는 소리와 함께.

"아이고, 단 사형! 아내도 없이 홀로 밤을 지새우게 된 기분이 어떻습…… 엇?"

양욱이 어리둥절한 얼굴로 눈알을 데굴데굴 굴렸다.

'뭐야, 없잖아?'

방 안엔 주인 없는 빈 침상만 덩그러니 놓여 있을 뿐인데.

다시 문을 닫고 나온 양욱은 허탈한 눈빛으로 뒤통수를 긁으며 입맛을 다셨다.

'쩝…… 김샜군. 어서 가서 경리나 품에 안고 자야겠다.'

*　*　*

"먕, 먕먕."

화애가 잠을 못 이루고 낮게 짖자 합가령이 그 머리를 부드럽게 쓰다듬었다.

"화애야, 너무 걱정하지 마렴. 이제껏 없던 큰 싸움이 벌어지겠지만…… 다들 무사할 거야."

"먕, 먕."

화애가 그래도 걱정이 된다는 듯 눈을 내리깔자 합가령의 표정이 무겁게 변했다.

'그래, 솔직히 나도 불안하단다. 후우…… 벌써부터 보고 싶어요.'

화애를 데리고 친가로 몸을 피한 그녀의 머릿속엔 온통 남편인 단선후 생각뿐이었다.

한데 그 순간, 문밖으로부터.

"여보, 여보! 내가 왔소!"

동시에 합가령의 표정이 급변하고.

'어머! 이심전심이라더니……!'

예의 목소리는 바로 단선후의 것이었다.

황급히 문을 열고 나가니 아니나 다를까 마당에 서 있는 사랑스러운 남편의 모습이 보였다.

"아! 어, 어쩐 일이세요!"

"내 싸움 전에 마지막으로 당신 얼굴이 보고 싶어서 왔소!"

단선후의 외침에 합가령이 환한 표정을 지은 찰나.

"얼씨구, 이 새끼 봐라?"

갑작스레 들린 목소리에 단선후의 얼굴이 새파랗게 질렸다.

이내 그 옆에 귀신처럼 나타나는 작은 인영의 정체는 놀랍게도 관궁이었다.

"간부인 나도 여색을 멀리하고 있는데 하물며 제자 놈 따위가 감히, 어!"

어차피 여인 따위에 관심도 없으면서 그렇듯 으름장을 놓는 것을 보니 화가 덜 풀린 모양이다.

'어억! 교, 교관님! 날 미행한 건가? 그, 그럼 이번엔 내가 화풀이 대상이라는……?'

그러자 관궁이 속내를 간파한 듯이.

"맞아, 너야! 그냥 재수 없다고 생각해!"

동시에 고사리 같은 쪼그만 주먹이 바람을 가른다.

퍽, 퍼억, 퍽—!

*　　*　　*

푸드덕푸드덕.

전서구 한 마리가 새까만 야천을 선회하더니 이내 수많은 인원이 모여 있는 지상으로 떨어져 내렸다.

큼직한 바위 위에 서 있던 천무외가 고개를 들며 나지막한 목소리를 흘렸다.

"때가 임박했구나."

전서구가 한쪽 어깨에 살며시 앉자 그는 죽통을 열고 서신을 꺼내 펼쳤다.

그것은 은암권황 엄언이 작성한 보고서였다.

글을 읽어 나가던 천무외의 입가에 묘한 미소가 맺혀 들고.

'사종검황과 파초대마후의 비기라…… 훗, 이제 와서 흥미로울 것도 없도다.'

일련의 전황 설명에 이어 마지막 몇 줄의 글이 눈에 담겨 들었다.

—선발로 떠난 인원이 예상 이상의 피해를 입었지만 증원의 무리도 제법 희생을 치렀습니다. 이번 일로 청풍검문 간부진이 숨겨 놓고 있던 힘까지 파악한 이상 우리를 위협할 다른 변수는 없을 것입니다. 저는 예정대로 쌍류 서쪽의 대암산(大岩山)에 숨어 대기하고 있겠습니다.

비로소 눈길을 거둔 천무외가 삼매진화로 서신을 태운 후 주변에 자리한 휘하 무리를 향해 명령했다.

"성도로 향할 것이다. 날이 밝는 대로 출전을 준비하라."

"예, 검황!"

*　　*　　*

침상에 누운 검무영이 문득 입을 열고 나지막한 목소리로 물었다.

"잠이 안 와?"

직후 그의 팔을 베개 삼아 베고 있던 하연설이 감았던 눈을 뜨더니 고개를 살짝 돌렸다.

"네…… 단순히 긴장감이라 표현하기엔 묘한 기분이에요. 제가 과연 잘 대처할 수 있을까요?"

그러자 검무영의 입가에 옅은 웃음기가 맺힌다.

"괜찮아, 일신의 무위에 확신을 가지고 임하면 돼."

"솔직히 지금도 믿기지 않아요. 제가 보유한 천무여와성맥의 힘이……."

"거미줄과 같지."

"네?"

"타인의 기감을 지배하는 영향력 말이야. 천무여와성맥 고유의 신력에 이끌리면 흡사 거미줄에 걸린 곤충처럼 지배를 당하고 또한 그 대상이 한두 명에 국한되는 것도 아니잖아."

"아……."

"할멈은 그것이 타인의 뇌력을 지배해 허상을 마치 실제인 양 착각하게 만드는 환술로 발전했고, 네 경우는 타인의 내력을 조정해 이로움을 줄 수도 있고 해로움을 줄 수도 있는 섭력(攝力)으로 승화되었지. 그렇듯 각자 쓰임새는 달라도 상대의 상단전에 영향을 끼친다는 핵심 요체는 동일해. 뭐, 현재로선 할멈의 거미줄이 훨씬 더 크긴 하지만."

하연설이 팔베개를 한 상태로 머리를 끄덕인다.

"아직은 제가 감히 영양사님의 능력에 견줄 바가 아니죠."

검무영이 고개를 돌려 시선을 마주하더니 손으로 그녀의 이맛머리를 부드럽게 쓸어 넘겼다.

"연공과 연륜이 쌓이면 자연스레 더욱 높은 경지로 향할 거야."

"행여 중도에 공부가 정체될까 봐 살짝 걱정이 들긴 해요. 저라고 만날 최선을 다해 노력하리란 보장은 없으니까요."

"훗, 쓸데없는 걱정은…… 네가 도태되도록 내가 가만히 내버려 둘 것 같아?"

"피."

귀엽게 혀를 쏙 내민 하연설이 헤벌쭉하며 기분 좋은 미소를 짓더니 이내 목소리를 낮게 깔았다.

"하기야…… 그런 걱정을 품기엔 시기가 이르네요."

사슴 같은 눈동자 위로 드리우는 음영.

지금 당장은 생사존망부터 걱정해야 할 때란 소리였다.

일단 용신부를 상대로 싸워 끝까지 살아남은 다음에야 무공 공부에 대한 고민이든 뭐든 할 수 있을 테니까.

검무영의 능력이 아무리 초절하다고 해도 최소한의 역할 분담도 없이 이 많은 인원수를 통제하며 하나하나 절명의 위기로부터 지켜 주는 것은 불가능한 일이다. 그러니 돌발적인 상황이 닥치면 저마다 능력껏 대처해 넘기는 수밖에 없다.

이미 검무영이 두 어깨에 지고 있는 책무는 여느 사람이 감당하기 힘들 만큼 무거운데 각자가 그에 추가적인 짐이 되진 말아야 할 것이다.

무림인이란 어차피 죽음과 가장 가까운 삶.

무릇 제 몸을 건사하는 것은 타인이 아닌 오롯이 자신의 몫인 것을.

하연설은 처음부터 검무영한테 기댈 생각은 없었다. 또 싸우다가 죽게 된다고 해도 그것은 그저 자신의 운명이리라 여겼다.

눈을 감았다가 뜬 그녀가 다시 말하기를.

"행여 낭군님의 발목을 붙잡는 일은 없을 거예요. 제 몸은 알아서 지킬 테니…… 변절자를 처단하는 데 모든 힘을 기울이시길 바라요."

그때 검무영이 장난스럽게 말을 받았다.

"내가 모든 힘을 기울이면 사천 지역을 비롯한 이 대륙 전체가 단번에 먼지로 화해 사라질 텐데?"

하연설이 어이없다는 듯 실소를 자아냈다.

"후……."

물론 말도 안 되는 허풍인 것을 잘 알지만 그가 말하니 왠지 허풍 같지 않은 느낌이 들어 자신도 모르게 그런 웃음이 난 것이다.

"하여간 긴장감이라곤 눈곱만큼도 찾아볼 수가 없군요."

"미리 긴장할 필요가 있나? 과연 내가 긴장해야 할 상대인지 아닌지 나중에 겨뤄 보면 알겠지."

대수롭지 않게 대꾸한 검무영이 이내 하연설의 이마에 입을 맞추곤 말을 이었다.

"녹록한 상대는 아니지만 날 믿어 봐."

"당연하죠! 세상에 하나뿐인 제 낭군님인데."

그렇게 말한 하연설이 화답하듯 그의 뺨에 '쪽' 하고 뽀뽀했다. 그러곤 눈웃음을 치며 이번엔 상대 입술에 자신의 입술을 포갰다.

짧고도 달콤한 입맞춤.

검무영이 이내 하연설의 뽀얀 볼을 쓰다듬으며 일렀다.

"적을 압도적으로 눌러 버린다면 좋겠지만 괜히 섣부른 확언은 삼가는 게 마땅하겠지. 그러면 너희가 되레 부담감을 가지게 될 테니까."

"이길 거예요, 반드시."

그러자 검무영이 씩 웃고는.

"승리는 당연한 목표이고 내가 원하는 건 앞으로 수마인 무리가 두 번 다시 현세에 나타나지 않게끔 만드는 거야."

"인육을 주 먹잇감으로 삼는 마물…… 정말이지 끔찍해요. 그래도 한 가지 다행스러운 점은 수마대령의 역할을 대신하는 존재가 없다는 사실이죠."

흑룡의 피를 이어받은 반수반인 수마대령은 과거에 수많은 여인을 납치한 후 자신의 씨를 뿌려 수마인 무리를 세상 밖으로 나오게 했다.

하나 지금은 상황이 달랐다.

여체를 통한 잉태의 수단이 아니라 오직 용심마단 복용을 통해서만 육성이 가능하다.

용신부가 거느린 수마인들 중엔 수마대령처럼 근원적 힘을 소유한 마물이 존재하지 않으니 이번 기회에 모조리 없애 버린다면 검무영의 말대로 화근을 뿌리째 뽑을 수 있으리라.

"천무외는 수마인 육성을 위해 지난 세월 동안 셀 수도 없이 무수한 사람을 납치해 왔어. 그 죄는 마땅히 이 칼로 써 물을 거야. 명색이 이대 검룡제인데, 영감의 숭고한 노력이 물거품이 되는 꼴은 절대 못 보지."

검무영은 그 말과 함께 팔베개를 거두고 상체를 일으키더니 누워 있는 하연설의 얼굴을 물끄러미 응시했다.

"알다시피 나는 일찍이 부모님을 여의고 산채의 두목이 된 이후로 누군가의 보살핌을 받은 적이 없어. 어차피 그럴 상황도 아니었고. 그런 내게…… 영감은 처음으로 몸과 마음을 의지할 수 있는 울타리가 되어 주었지. 얼굴조차 기억나지 않는 부모님이 만약 살아 계셨다면 아마 이랬을까 싶은 생각이 들었을 만큼…… 말 그대로 주는 것 없이 받기만 했어. 그 때문에 불가항력적인 예의 이별이 항상 안타까웠는데, 비로소 그 커다란 은혜에 보답할 기회가 생겼군."

하연설이 안쓰러운 눈빛으로 그의 손을 살며시 잡았다.

"네, 변절자의 목을 베어 용신의 혼기가 온전히 하늘로 떠날 수 있도록 해 드리세요."

"그래야지. 이 모든 일이 끝나고 나면……."

목소리를 흐린 검무영이 고개를 숙여 입맞춤을 나누곤 다시 나지막하게 말했다.

"우리도 아이를 가져 볼까?"

"네, 좋아요. 저도 원해요. 당신을 닮은 사랑스러운 아이를…….”

“날 닮으면 꽤 다루기가 힘들 텐데.”

“후훗, 너무 평범하면…… 보살피는 재미가 없잖아요?”

“흠, 애늙은이 성격 정도는 돼야 성에 차려나?”

검무영의 말이 끝나기가 무섭게 하연설이 정색하며 뾰족한 음성을 터뜨렸다.

“무슨!”

별안간 그녀 뇌리에 떠오르는 기억.

—교관님, 저분은 정파 협회…….

—엄마.

—엣……?

—엄마, 저 사람들 누구야?

예전 사천성 정파 협회주 석대송 일행이 방문했을 때 관궁이 자그마한 손으로 자신의 옷자락을 붙잡고 순진무구한 표정을 지으며 말하던 장면이었다.

하나 그 본성의 실체는.

—쌍! 이 망할 식충이 놈! 발칙한 똥개 새끼 같으니! 게서, 배때기를 갈라 죽여 버릴 테다! 미친……

주둥이 닥쳐! 크아악!

그렇듯 상욕을 아주 입에 달고 사는 궁극의 지랄 맞은 성격인데.

하연설이 도리질을 치며 거듭 소리쳤다.

"싫어요! 절대, 절대로!"

"흠, 그럼 운몽 할멈 같은 딸은?"

"그, 그것도 싫어요!"

"됐네."

"에? 뭐가요?"

"나도 그 둘을 닮은 아이는 싫거든, 훗."

검무영은 그렇게 말하자마자 쓰러지듯 하연설과 몸을 포개곤 재차 뜨거운 입맞춤을 나누었다.

* * *

용화빙벽 내의 공간에 감도는 무거운 정적.

두 자루 도를 움키고 선 사해쌍도황 섬맹의 주변엔 몸통이 무참히 절단된 수마인 시신 수백 구가 어지러이 널린 상태였다.

"치익……!"

섬맹은 턱의 힘줄을 강하게 당겨 물며 이마 위로 시퍼런 핏대를 세웠다.

목숨을 잃은 건 수마인 무리만이 아니다.

서역의 마도 세력들, 그리고 용신부 소속 전력도 자못 큰 손실을 입었다.

가공스러운 무위를 가진 섬맹을 포함한 강선림 소속 정예 고수진의 활약이 없었다면 아마 지금보다 피해가 훨씬 더 컸으리라.

철컥!

섬맹이 그렇게 쌍도를 갈무리한 후 서슬 퍼런 기세로 한 옆에 시선을 던졌다. 그러자 그곳에 운집한 수마인 무리가 몸을 사리듯 저마다 몸을 움찔했다.

'멍청한, 검무영의 술수에 놀아나다니…….'

소요는 가까스로 진정을 찾았지만 흉중의 분한 마음은 지우기가 힘들었다.

때맞춰 무사히 운기를 끝낸 황룡대장, 은룡대장 등 검대와 검단의 수뇌부가 조용히 가까이로 와 섰다.

"도황, 피해 규모가…… 총력의 삼분지 일 이상인 듯합니다."

황룡대장이 조심스럽게 말을 꺼내며 침중한 표정으로 고개를 숙였다. 그러자 섬맹이 눈길도 주지 않은 채 단호한 목소리를 발했다.

"고개를 들어라!"

황룡대장이 신속히 자세를 고치자 섬맹이 다시 말을 이었다.

"그 어떤 상황이 닥쳐도 함부로 머리를 숙이지 마라. 향후 적이 보는 앞에선 특히…… 우리는 위대한 검황을 모시는 몸들, 약한 기색을 드러내는 건 내가 용납할 수 없다!"

동시에 검대, 검단의 수뇌부가 입을 모아 힘차게 대답했다.

"예!"

돌연 섬맹이 두 주먹을 꽉 쥐자.

ㅊㅊㅊㅊㅊ……!

시커먼 기류가 체외로 빠르게 번져 나오더니 전신의 피부가 시커멓게 변했고, 두 눈도 핏물처럼 빨갛게 물들었다.

처음으로 드러내 보인 용심마단이 선사한 힘.

"자, 어떠한가? 이것이 너희가 깨달은 힘과 동일해 보이느냐?"

용신부 검수들 모두 놀랍다는 눈빛으로 고개를 가로저었다.

완전히 달랐다.

용심마단을 복용한 여느 무리와 달리 섬맹은 흉한 짐승

과 같은 외형이 아닌 본디 모습을 그대로 유지했다. 그저 몸의 살갗과 두 눈만 검고 붉게 변화했을 따름이다.

한 가지 특이한 점은 이마 중앙에 아주 작은 뿔이 내돋쳐 있다는 것인데.

섬맹이 이내 그 뿔을 매만지며 살기 가득한 소성을 내뱉었다.

"크흣! 최후 결전을 치르기도 전에 뜻밖의 큰 피해가 발생했으나…… 그래도 여전히 우리가 우위에 서 있느니라. 본좌가 버티고 있는 한 중원의 쓰레기들 전부 죽음을 면할 수 없다!"

눈치를 살피던 황룡대장이 물었다.

"도황, 그것은 도대체……?"

"이 뿔은 수마대령의 근원적인 힘 일부가 내 몸에 깃들었다는 증거, 즉 용신의 위에 오르실 검황께선 이미 수마대령에 필적하는 무력을 보유하셨다는 의미이니라."

"아……!"

전원 나지막한 탄성을 흘리는 가운데 섬맹이 입꼬리를 씰룩 올렸다.

"전원 기력을 보충하라. 조만간 용화빙벽이 허물어지면 곧장 적진으로 향할 것이야."

그 말이 끝나기가 무섭게 전원 용심마단의 힘을 개방해

외형이 변했고, 저편에 얌전히 서 있던 수마인 무리도 괴성을 지르며 군침을 흘렸다.

"먹어 치워라."

섬맹의 짤막한 명령.

동시에 장내 인원은 흡사 아귀처럼 바닥 여기저기에 널브러진 무수한 시신을 뜯어 먹기 시작했다.

으적, 으적, 으적……!

* * *

어렴풋한 달빛 아래 구불구불한 숲길을 따라 부지런히 걸음을 내딛는 수많은 인파가 보인다.

그들의 정체는 바로 새로운 용화빙벽으로 말미암아 한 번의 큰 고비를 넘긴 정파, 사파의 무인들.

소림사, 무당파, 곤륜파, 맹호팽가, 모용세가, 대천숭검장, 사공검가 등 강호 양 진영의 각 무문은 무수한 시신을 대충 수습하곤 곧장 곤륜산을 벗어났다.

그렇듯 긴 행렬이 희미한 월색에 젖은 길을 밟으며 부지런히 나아가는 가운데 한 노인이 어두운 안색으로 침음을 삼켰다.

"크음…… 마음이 무겁도다."

남루한 복장의 그는 개방의 장로인 선풍개 이열이었다.

기실 개방이 받은 피해는 막심했다.

무려 일천 명에 이르는 사상자 수는 차치하고 현 전력의 중추이던 방주 취권신개 등방, 장로 벽운도개 견사를 비롯한 수뇌부 절반 이상이 적의 칼날 앞에 목숨을 잃고 말았기 때문이다.

방 내 최고수 등방의 빈자리를 대신하여 임시적으로 개방 전력을 지휘하게 된 장로 이열은 그 누구보다 부담감이 컸다.

거듭 침음을 삼킨 그가 이내 고개를 숙여 자신의 오른손에 들린 짤막한 봉을 응시했다.

타구봉.

초대 방주 때부터 대물림된 신물.

타구봉은 그렇듯 개방의 기나긴 역사와 전통을 대변하듯 고색창연한 빛깔을 머금고 있다.

이열은 문득 등방의 생전 마지막 모습이 머릿속에 떠올랐다.

—자, 어서 이것을 받아라.

—어, 어찌 이러십니까?

—어서!

—…….

—지금부터 내 안위는 신경 쓰지 말고…… 이 타구봉으로 본 방의 잔여 전력을 통솔하여 일련의 작전에 차질이 생기지 않도록 하라!

—목숨을 바쳐 명을 수행하겠습니다.

등방은 신물 타구봉과 함께 방주의 권한을 자신한테 위임했고, 그 직후에 곁을 지키던 장로 벽운도개 견사와 더불어 저승으로 떠나고 말았다.

지금에 와서 생각해 보면 등방은 어쩌면 제 죽음을 미리 직감한 게 아니었을까.

'유령검조……!'

그 별호를 속으로 되뇐 이열이 타구봉을 움킨 손에 힘을 주고.

당시 용신부의 동룡정인 유령검조 구정의 강맹한 손속에 의해 등방과 견사는 제대로 된 초식조차 구사해 보지도 못하고 허무한 죽음을 맞았다.

그때.

오십 대 개방도 한 명이 가까이 접근하더니 나지막한 목소리로 뭔가를 건넸다.

"이 장로님, 이것만은…… 땅에 묻지 않고 따로 챙겨 두

었습니다."

미세하게 금이 가 있는 작은 술병.

취권신개라 불린 등방을 상징하는 물건이다.

이열은 그것을 다른 한손에 쥐며 두 눈을 빠르게 깜빡였다.

아마 눈물을 애써 참으려는 행동이리라.

—이 장로, 그대가 예서 죽으면 본 방은 장차 말 그대로 거지꼴을 면치 못할 것이야.

유언이나 다름없는 그 마지막 말이 뇌리를 맴돌자 새삼 걷잡을 수 없는 비탄과 분노가 치밀었다.

"이번 싸움이 끝나고 나면…… 방주님의 무업을 기릴 수 있게 이 유품을 오래도록 보존하자꾸나."

이열은 그렇게 이른 후 기어이 눈물 한 방울을 빰 밑으로 떨어뜨리고 말았다. 그러자 술병을 건넸던 개방도 또한 낮게 흐느끼며 입술을 꽉 깨물었다.

"흑……."

뒤이어 주위의 여러 방도들 역시도 그 울분이 전염된 듯 어깨를 들썩거린다.

돌연 이열의 귓전에 누군가의 전음이 와 닿았다.

『이 장로, 그 심경을 헤아리지 못하는 바가 아니나…… 지금으로선 개방의 최후 보루라 할 수 있는 귀하가 흔들리는 모습을 보여선 아니 됩니다.』

전음의 주인은 곤륜파 장문인 운해검노 진수였다.

개방 무리의 사기 저하를 염려하는 조언 앞에 이열은 즉각 옷소매로 눈물을 훔치며 예의 심기를 바로잡았다.

말마따나 침통한 기분에 젖을 때가 아니다.

가족처럼 소중한 동료, 동문을 하늘로 떠나보낸 건 개방 하나만이 아니잖은가.

지친 몸과 마음을 추스르고 최종 혈전의 장소가 될 한중으로 가야 한다. 그래서 거기에 주둔 중인 대봉성, 철무련 등 정파와 사파의 연합 전력에 합류하여 이 싸움을 반드시 승리로 이끌어야 한다.

이열이 곧 안색을 바꾸며 진중한 음성을 발했다.

"내가 잠시 채신을 잊고 못난 꼴을 보이며 너희들 심기를 흔들어 놓고 말았다. 이 시간 이후로 절대 그럴 일은 없을 것이니 다들 그만 눈물을 거둬라. 애도하는 것은…… 이 혈전이 종식된 후에 해도 늦지 않다. 우선은 코앞에 닥친 적만 생각하자꾸나."

그러자 개방도들 모두 고갯짓으로 대답을 대신하며 임전의 각오를 새로이 다졌다.

한편 행렬의 최선두에 자리한 군율은 말없이 걸음을 옮기며 깊은 상념에 잠긴 상태였다.

'앞서 사해쌍도황은 숨은 힘을 드러내지 않고도 존자 반열의 강자를 가지고 놀듯 여유를 부렸다. 그렇다면 그의 맞상대는…….'

홀연 머릿속에 한 사람의 얼굴이 선명히 떠오른다.

천붕대검존 묵진겸.

한때 자신의 스승이던 현 사파 무림 최강자.

이곳의 고수진을 통틀어 사해쌍도황 섬맹과 일대일로 대적할 수 있는 유일한 인물이다.

현재 묵진겸은 환골탈태의 성취를 통해 일신의 무위가 비약적으로 상승했으니 상대의 힘이 아무리 절륜해도 쉽게 밀리는 일은 없을 것이라 여겼다.

당금 강호 무림에 있어 청풍검문 간부진인 검무영, 관궁, 개새, 운몽향아를 제외하면 사실상 묵진겸의 위용을 능히 감당할 수 있는 인물은 거의 없는 실정이니까. 그러니 일단 그 힘을 믿고 희망을 걸어 보는 수밖에 없다.

군율은 고개를 들고 하늘로 시선을 던지며 이곳으로 오기 전에 들었던 검무영의 말을 생각했다.

—훗, 괜찮아. 걱정하지 말고 믿어 봐. 묵 성주는

지금 네가 생각하는 것보다 훨씬 강하니까. 만약 그러한 확신이 없다면 너와 빙염시, 빙옥군만 파견할 리가 없잖아?'

이내 그가 속으로 중얼거리기를.

'무영은 절대 허튼소리를 내뱉는 법이 없다. 그 정도로 신뢰하는 것으로 보아…… 혹 천붕대검존이 환골탈태 이외의 추가적인 깨달음을 얻은 건 아닐까?'

그러다가 자신의 허리 옆에 걸린 붕익을 가만히 바라보았다.

'흐음, 그래. 그도 어쩌면 나처럼…….'

* * *

"시신을 전부 수습했습니다, 국주님."

백리대약의 보고에 신율이 고개를 끄덕이며 말을 받았다.

"음, 알았네."

뒤이어 손짓을 보내자 청풍표국 일동이 일제히 그 앞에 집합한 후 질서 정연하게 열을 갖췄다.

신율이 정면에 서 있는 표사의 얼굴을 보며 물었다.

"거동에 불편함은 없느냐?"

그러자 예의 표사가 희미하게 웃으며 뒤통수를 긁적였다.

"아, 괜찮습니다. 이 정도쯤이야…… 솔직히 끝까지 죽지 않고 산 것만 해도 감지덕지입니다."

바로 질풍삼살의 맏이 하후금이다.

현재 그의 의복 옆구리 쪽은 핏물로 시뻘겋게 물든 상태였다.

기실 부상자는 그만이 아니다.

하후은, 하후동을 비롯해 날인백정 비류진, 귀검자 모관, 단혼검 방오, 묵향객 철형 등 표사들 대부분이 몸에 작은 상처를 안고 있다.

그렇지만 위중한 부상을 입은 사람은 단 한 명도 없었다.

그것은 곧 전원 일신의 무위가 이전과 비교할 수 없을 정도로 큰 발전을 이뤘다는 증거인데.

"열심히 노력한 보람이 있구나."

신율은 그렇게 말하며 일동을 향해 뿌듯한 눈빛을 흘렸다.

호홀지간 뇌리를 스쳐 지나가는 목소리.

—단 한 명도 죽지 말고 무사히 귀환해라. 이것은

전권을 가진 교두로서 내리는 절대 명령이다.

일전 검무영이 했던 말이다.

표국 일행과 마찬가지로 살강을 포함한 삼백여 명의 특제자들 또한 피를 흘리는 사람은 있어도 몸이 위태로울 만큼 중상을 당한 이는 전무했다.

언젠가 검무영은 점호를 진행하며 이렇게 말한 적이 있다.

—내가 궁극적으로 추구하는 목표는 이 혈전의 승리와 더불어 우리 문도들 중 단 한 명의 전사자도 발생하지 않는 것이다.

그것을 떠올린 신율이 보일 듯 말 듯 엷은 미소를 머금었다.

'훗…… 교두님께선 아무도 목숨을 잃지 않으리란 것을 확신하고 계셨던 걸까?'

바로 그때.

수석 표사인 승천무장 역류흔이 자못 무거운 표정으로 입을 열었다.

"적의 힘이 실로 대단하군요. 일부 전력인 선발대 인원만으로 이 정도의 피해를 입히다니…….”

존자 반열에 이름을 올린 그도 어지간해선 이런 말을 내뱉지 않을 텐데.

청풍검문은 다행스럽게도 전사자가 발생하지 않았지만 이곳에 함께 온 다른 무문들 경우는 그 피해 규모가 상당했다.

그나마 앞서 관궁이 홀로 적진의 핵심 고수인 북룡정 태을검공 가허를 가로막지 않았다면 그 손속에 의해 지금보다 더 큰 피해를 입고 말았으리라.

신율이 긴 수염을 쓰다듬으며 입을 열었다.

“그래, 나 또한 이번 싸움을 통해 용신부의 강대한 전력을 새삼 절감하게 되었다네. 하지만…… 적도 아마 우리와 싸우며 비슷한 생각을 품었을 것이야. 생각처럼 녹록한 무리가 아니구나, 라고. 물론 용문검황은 이번 결과를 어떻게 생각할지 알 수 없지만.”

옆에 선 백리대약이 조용히 말했다.

“차후 교두님께서 전면에 나서시게 된다면 그때 비로소 양쪽이 가진 힘의 크기를 가늠해 볼 수 있을 것입니다.”

“음, 나도 그 순간이 자못 궁금하구먼.”

신율이 그렇게 말한 찰나, 웬 인영 하나가 그 곁에 불쑥 나타났다.

"신 국주님, 괜찮다면 저와 잠시 이야기를……."

나지막한 목소리를 꺼낸 그 인영의 정체는 현 아미파 장문인 법연사태였다.

신율이 고개를 끄덕이며 물었다.

"음, 무엇이오?"

의미심장한 눈빛을 흘린 법연사태가 곧 품속을 뒤져 종이 한 장을 꺼내 보이는데.

"청풍표국 앞으로 보낼 청구서입니다."

뜻밖의 소리에 신율이 두 눈이 휘둥그레 커졌다.

"처, 청구서? 갑자기 무슨……?"

"예, 일전에 검 교두님께서 공식 문서로 약조하셨습니다. 다른 건 몰라도 이번 싸움으로 본 문의 기물이 파손된 것은 모두 청풍검문의 이름으로 배상해 주시겠다고……."

그러면서 붉은 인장이 찍힌 각서 한 장을 추가로 내밀어 보인다.

"청풍표국이 최근 보유한 자금이 많아 그쪽으로 기물 파손 금액을 공식 청구하면 될 거라고 말씀하셨지요. 여하간 아무쪼록 최대한 빠른 기한 내에 배상금을 받았으면 합니다."

신율, 백리대약 등은 얼른 그 각서를 펼쳐 일련의 필체를 확인하니 검무영이 쓴 것임이 분명했다. 게다가 각서의 맨 마지막 문장은 너무나도 당혹스러웠다.

이는 상생의 길로 나아가기 위한 배려이니 국주를 포함한 표국 수뇌부 급여를 삭감하는 한이 있더라도 닷새 안에 반드시 배상금을 지불한다.

신율은 이내 엉망진창이 된 아미파 경내를 눈동자에 담으며 긴 한숨을 내뿜었다.

'허어……! 거의 폐허가 되다시피 한 상태라 자금이 모자를 듯한데.'

직후 백리대약이 인상을 찌푸리며 낮게 말했다.

"국주님, 귀환하자마자 인원을 동원해 추가적으로 일을 해야 될 것 같습니다. 교두님께서 각서까지 작성한 것으로 짐작건대 아마 한 푼도 보태 주실 것 같지가 않습니다."

덩달아 면상을 구긴 신율이 속으로 고함쳤다.

'크윽! 이런 급박한 시기에 돈까지 벌어야 하다니, 세상에 이런 법이 어디 있나!'

* * *

정확히 닷새 후, 청풍표국은 닥치는 대로 일을 맡아 처리한 끝에 가까스로 아미파에 해당 배상금을 주었다. 아니, 기실 온갖 일을 하고도 금액이 조금 모자라 신율 등이 사비를 털어 겨우 지불을 마쳤다.

검무영은 당일 늦은 오후 무렵에 표국을 방문해 칭찬의 말을 건넸다.

"좋아, 아주 마음에 들어. 솔직히 못 갚을 줄 알았는데."

그러곤 다시 말을 보태기를.

"향후 이러한 경우가 또 발생할 텐데, 지금처럼 순조롭게 해결할 수 있기를 바란다. 이게 다 너도나도 모두 함께 잘살자는 뜻에서 행하는 일이야. 뭐, 아무튼 표국을 만들어 놓으니 유용하군. 본 문의 돈도 아낄 수 있고 말이지."

* * *

다시 하루가 지난 때.

사해쌍도황 섬맹이 이끄는 원정대는 드디어 대봉성, 철무련 등이 포진한 한중에 당도해 임전 태세를 갖췄다. 그리고 용문검황 천무외를 위시한 용신부 정예 전력은 성도의 경내로 진입해 목적지인 청풍검문으로 진격을 시작했다.

第七章
가을은 결실(結實)의 계절

고요한 아침.

처소의 침상에 누워 있던 하연설은 자신의 머리칼을 부드럽게 쓰다듬는 손길을 느끼곤 눈꺼풀을 가볍게 떨었다. 그러다가 이내 눈을 뜨자 자신의 곁에 몸을 옆으로 세워 누운 검무영의 모습이 보였다.

두 팔을 뻗쳐 기지개를 켠 하연설은 아무것도 걸치지 않은 그의 상체를 잠깐 살피다가 뺨을 살짝 붉히며 나지막이 말했다.

"늘 저보다 먼저 기상하시네요."

"편안히 잠든 모습을 보고 있으면 내 기분도 왠지 편하니까. 그나저나 간밤에 좋은 꿈은 꿨어?"

"네?"

"오늘 용신부가 들이닥칠 텐데, 기왕이면 응원의 의미로 길몽을 꾸는 게 낫잖아?"

"어머, 오늘이요? 혹 정찰조로부터 급신이 당도했어요?"

그러자 검무영이 한 손으로 받친 머리를 가로젓더니 눈짓으로 창밖을 가리켰다.

"봐, 평소와 다르지?"

비로소 상대의 말뜻을 퍼뜩 알아차린 그녀.

"아……! 정말 그러네요."

오늘따라 유독 그 흔한 산새의 지저귐조차 들리지 않고 조용한 바깥 공간이다.

"나처럼 저 숲속의 짐승들 또한 본능적으로 감지한 것이지. 이곳의 하늘 아래로 짙게 드리운 무형의 전운을."

그렇게 이른 검무영이 다시 시선을 돌려 하연설을 물끄러미 응시했다.

창을 통해 쏟아지는 찬연한 햇살이 망사 잠의를 두른 육감적인 교구를 내리비추자 본연의 아름다움이 한층 빛나 보이는 느낌이다.

"시, 싫어요. 너무 그렇게 빤히 보시면……."

수줍은 표정으로 말한 하연설이 이불을 가슴 위까지 올리며 고개를 옆으로 돌리자 검무영이 피식 웃었다.

"그렇듯 만날 부끄러워하면서 방중술은 어떻게 익힌 건지, 원."

"그, 그야 당연히 영양사님 때문에 강제적으로…… 흥, 됐어요."

검무영은 그 모습이 귀여워 뽀얀 목 위로 제 입술을 쪽! 하고 맞댔다. 그러자 야릇한 감촉을 느낀 하연설이 몸을 흠칫하더니 이내 두 팔로 상대의 목을 끌어안곤 진한 입맞춤을 나누었다.

이윽고 두 사람의 얼굴이 떨어지고.

"음, 좋아요. 당신의 체취……."

하연설이 눈웃음을 치며 나지막한 음성을 내뱉자 검무영도 옅은 미소를 머금었다.

사슴 같은 여인의 눈동자가 말한다.

지금의 감미로운 시간이 이대로 영원히 이어진다면 얼마나 좋을까, 하고.

보이지 않는 그 마음을 헤아린 듯 검무영이 귓가에 대고 속삭였다.

"이번 싸움이 끝나면 여느 밤보다 더 뜨거운 시간을 보내도록 해."

홍조를 띤 하연설도 무언의 눈빛으로 대답을 대신하며 고갯짓을 보낸다.

"자, 어서 준비하자. 조금 있으면 어떤 식으로든 보고가 올 테니까."

"네."

바로 그때.

"교두님, 기침하셨나요?"

문밖으로부터 나지막이 울리는 여인의 음성.

운몽향아의 목소리였다.

신속히 옷을 챙겨 입은 검무영이 이내 문을 활짝 열며 물었다.

"역시 내 예상이 맞았군. 적이 성도 경내에 발을 들였나?"

"네, 독물 떼를 풀어 탐색해 보니 현재 서쪽 외곽의 숲에 주둔 중인 것으로 파악했어요. 아마도 한 시진 내로 모종의 행동을 취하리라고 여겨요."

운몽향아는 말이 끝나기가 무섭게 상대의 어깨 너머로 시선을 던지며 짓궂게 물었다.

"교두님, 설마 이른 아침부터 연설과 뜨겁게 일을 치르신 건 아니죠? 흐응, 방 안의 공기가 왠지 뜨거운 듯한데."

동시에 하연설이 당혹스러운 표정으로 무복을 챙겨 들며

황급히 입을 열었다.

"오, 오해하지 마세요. 이 망사 잠의는 밤마다 습관처럼 걸치고 자는 거라서……."

"호홋, 연설도 참. 평소엔 얌전을 떠는 듯해도 은근히 야한 복색을 즐기는 성향이라니까."

"어머, 아니에요. 이건 전적으로 교두님의 별난 취향 문제……."

운몽향아는 그런 하연설의 말을 끝까지 듣지도 않고 제 할 말만 했다.

"신혼의 재미는 이번 싸움이 끝나고 나서 마저 즐기도록 해요. 교두님, 그럼 전 이만 조식을 마련하러 가 볼게요."

직후 바람처럼 휘익! 자취를 감추는 그녀.

뒤통수를 긁적인 검무영이 고개를 가만히 뒤돌려 하연설의 얼굴을 빤히 보더니.

"흐음…… 큰일을 앞두고 있지만 한 번 정도는 괜찮지 않으려나?"

"한 번? 뭐, 뭘요?"

"방사."

이젠 아주 대놓고 밝힌다.

하연설이 어이가 없다는 듯 눈살을 찌푸리고 뾰족한 음성을 발했다.

"나가세요! 옷 갈아입을 거예요!"

"새삼스럽기는, 내가 보고 있으면 안 되는 이유라도 있나?"

"칫, 그냥 싫어요! 적어도 오늘만큼은!"

"옳아, 내가 보고 있으면 너도 괜히 색심이 동할 것 같아서 그래?"

"어유, 좀……!"

짧게 다그친 하연설은 곧 검무영을 쫓아내듯이 밖으로 밀곤 문을 닫았다.

사락, 사라락, 사락…….

옷을 만지는 미약한 소리가 귓전에 와 닿는 가운데 검무영은 쾌청한 하늘을 눈동자에 담으며 긴 하품을 깨물어 삼켰다.

"하아암…… 한바탕 치고 박고 땀 흘리기엔 더없이 좋은 날씨로군."

*　　*　　*

청풍검문 내의 광활한 연무장.

아침 점호 시간에 맞춰 적전제자 다섯 명을 비롯한 각급 제자들 모두 연무장에 모여 질서정연하게 오와 열을 갖추어 섰다. 그리고 천마신교, 혈교, 남림삼비역 일행도 한 명 빠짐없이 집합한 상태였다.

그렇듯 수많은 인원이 모여 발 디딜 틈조차 보이지 않는 장내의 분위기는 그 어느 때보다 엄숙했다.

앞서 간부진의 긴급 발표에 이어 당문신보대 소속 정찰조까지 이곳을 방문해 용신부 무리가 성도 외곽의 숲에 당도했다는 사실을 알려 왔기 때문이다.

선두 열에 자리한 하연설은 두근거리는 심장을 진정시키고자 심호흡을 몇 번 내뱉었다.

'드디어 마지막 결전의 시작이구나.'

양옆에 선 단선후, 마봉, 양욱, 선우경리도 긴장감을 느낀 듯 기합이 잔뜩 들어 있는 기색이었다.

그때.

적전제자들 바로 뒤쪽 열에 있던 한 사내가 입을 열어 나지막한 목소리를 흘렸다.

"비로소 일련의 고된 수업의 성과를 보여 줄 때가 왔군."

평제자 수석인 표필이었다.

과거 금라무원의 금라대 대장으로 관류금검객이라 불렸던 그는 현재 무공 수위가 가파르게 상승해 철무련, 대봉성, 소림사와 같은 거대 무문의 핵심 고수진과 맞먹을 정도였다.

그것은 평제자 차석인 윤결도 마찬가지였다.

원래부터 칼을 다룸에 있어 자질이 남달랐던 인물인 데다 일류 살수 고유의 예민한 감각까지 한계 이상으로 극대화하여 이제 어디에 내놓아도 손색이 없을 진정한 쾌검수로 발돋움했다. 게다가 일신의 검학을 뒷받침하는 공간잠행술은 한 단계 더 진보해 경신 공부마저 가히 독보적인 수준에 이르렀다.

물론 눈에 띄게 발전한 사람은 그 둘만이 아니다.

평제자들 모두가 최근에 술 마신 개새한테 혹독한 수업을 받으며 사문의 영명을 드높일 최정예 검수로 자리매김했으며, 수백 명의 초등생들 또한 이류의 껍질을 벗고 마침내 일류 반열의 길에 올라섰다.

더군다나 그중 몇 명의 초등생은 지난 몇 달 사이에 큰 깨달음을 얻으며 당장 평제자로 승격이 되어도 모자람이 없는 실력을 갖추었다.

장맹부문의 냉혈대부 오호강, 환도단충회의 추운도랑 방숙, 음우사의 타락검승 엽굉이 바로 그 주인공이었다.

오호강과 방숙은 각기 부와 도를 다루던 습성을 버리고 어느덧 쾌검을 아주 능숙하게 운용할 수 있게 되었으며, 엽굉의 경우 검학에 대한 공부는 동일하나 내공이 그 둘을 앞지르는 수위에 도달했다. 그렇듯 사파 출신의 세 고수는 당장 평제자 무리에 껴도 아무런 문제가 없을 만큼 눈부신 성장을 이뤘다.

하나 무엇보다 가장 감탄스러운 건 흑사당 출신 일백여 명이었다.

뭇사람으로부터 손가락질을 받던 이류 건달패 출신으로 예전 강제 입문과 더불어 기본부터 차근차근 밟으며 발전해 온 그들.

지금은 다들 청풍검문에 없어선 안 될 중요한 구성원으로 재탄생하는 커다란 기적을 만들어 냈고, 차후 이 싸움이 끝나면 더 이상 초등생 상급반이 아닌 평제자의 지위를 얻게 될 것임을 통보받은 상태였다.

표필 옆에 서 있던 윤결이 감개무량한 눈빛으로 말했다.

"과거 칼잡이로 살며 쌓아 올린 악업을 이 기회에 조금이나마 덜 수 있기를 바라고 있다네. 아무쪼록 정심을 다해…… 교두님께 진 빚을 갚아야 마땅할 터."

"절대 죽지 말게."

단호한 목소리를 발하는 표필이다.

머리를 주억인 윤결이 희미한 미소를 지으며 그 말을 받았다.

"설령 싸우다 죽더라도 후회는 없을 것이네. 솔직히…… 이 목숨은 이미 한 번 잃었던 것이나 다름없으니까."

말마따나 그랬다.

천운이 따라 목숨을 부지했다.

예전 단두혈맹에 속해 청풍검문을 상대로 전면전을 벌였을 때 검무영이 만약 자신을 문도로 삼고자 자비를 베풀지 않았다면 그때 벌써 목이 달아나 저승으로 향했을 것이다.

표필이 그런 윤결을 가만히 바라보다가 다시 말하기를.

"결, 죽지 말고 어떻게든 생존하게. 그래서 늙어 그 수명이 다할 때까지 교두님 손속에 괴롭힘을 받으며 반성과 참회의 길을 걸어 나가도록 해. 자네 혼자 편하게 떠나는 꼴은 내 절대 용납 못하지. 우리만 남아 개고생하면 얼마나 억울하겠나?"

"윽! 그런 뜻……?"

인상을 확 구긴 윤결이 이내 입가로 웃음기를 머금었다.

그것이 기실 싸움에 임하는 부담감을 덜어 주려고 건넨 농담 섞인 말임을 잘 알고 있기에.

'고맙다, 필. 비록 농담이라 해도…… 그 말이 전적으로 옳다. 내 반드시 명을 부지하여 두고두고 죄의 업보가 드리운 어두운 그늘을 조금씩 지워 나가야 본 문의 제자로서 참된 도리가 아니겠는가.'

마주 미소를 보낸 표필은 문득 앞쪽 열에 서 있는 선우경리의 뒷모습을 눈동자 속에 담았다. 그녀를 통해 작년 위천

앙과 관련한 사건을 머릿속에 떠올린 그는 새삼 시간이 빠르다는 생각을 했다.

시선을 느낀 걸까.

선우경리가 조용히 고개를 뒤돌리더니 표필과 눈길을 마주하곤 생긋 웃어 보였다.

금라대장, 최선을 다해 꼭 살아남도록 해요.

마치 예전처럼 금라무원의 원주로서 자신한테 격려를 보내는 것 같은 따뜻한 눈빛이다.

표필이 머리를 가볍게 끄덕이며 두 눈에 힘을 주었고, 그것을 본 선우경리는 흡족한 표정으로 다시 전방을 향해 고개를 돌렸다.

잠시 후.

저벅저벅, 저벅저벅…….

여러 사람의 발소리가 들리나 싶더니 검무영과 하육기를 필두로 한 문중 간부진이 연무장 지척의 건물 모퉁이를 돌아 나오며 모습을 드러냈다.

이내 수많은 인원과 마주하고 선 검무영이 또렷한 목소리를 발했다.

"알다시피 오늘 용신부가 우리 앞에 나타날 거다. 그러니 다들 평소 갈고닦은 실력을 가감 없이 펼쳐 보일 수 있도록. 적은 아마 여러 갈래로 나뉘어 진격해 올 거야. 그러니 지금부터 인원을 쪼개어 그에 맞서도록 한다."

그렇게 이른 검무영이 종이 한 장을 펼치더니 거기에 적힌 여러 대의 편성 인원을 호명하고 세부 작전을 지시했다.

직후 짤막한 말을 보태기를.

"살아라."

그러자 옆에 있던 관궁이 불쑥 입을 여는데.

"키킥, 뒈져도 할 수 없고. 나야 괜찮겠지만."

그 소리에 다들 속으로 '윽!' 하며 발끈한 표정을 짓는다.

검무영이 한심하다는 듯 관궁을 보다가 다시 일렀다.

"때는 어느덧 가을…… 흔히 가을을 가리켜 결실의 계절이라 하지."

그때 양욱이 조심스럽게 손을 들더니.

"교두님, 가을은 어느덧 막바지이고 조금만 있으면 겨울의 문턱입니다만?"

딱—!

경쾌하게 터져 나오는 음향과 짤막한 비명.

"아악!"

양욱이 두 손으로 이마를 감싼 채 몸을 부들부들 떤다.

다행히 기절은 안 했다.

아무래도 시기가 시기인 만큼 손속에 사정을 둔 모양이다.

검무영이 거듭 한심하단 눈빛을 쏜 후에.

"변절자 놈과 내가 뿌린 씨앗들…… 둘 중 과연 어느 쪽이 더 큰 결실을 맺은 건지 오늘 일전을 통해 제대로 한번 재 볼 생각이다."

동시에 일동이 저마다 목청을 돋워 큰 목소리를 토했다.

"예, 교두님!"

메아리처럼 장내에 울려 퍼진 목소리들.

검무영 곁에 자리한 문주 하육기와 정비사 당능통, 빙무총리 북리상, 취사장 공야휘 등도 저마다 강렬한 눈빛을 토하며 전의를 불태웠다.

"멍, 멍."

개새도 짧게 짖더니 제 곁에 옹기종기 모여 앉은 개소름, 개이득, 개간지, 개폭망의 몸을 차례로 핥아 주었다.

마치 '문중의 비명 병기인 내 귀여운 새끼들, 이 아빠를 따라 힘내서 싸워!' 라고 독려하는 것처럼.

찰나 흥청, 망청도 괴성을 지르며 가세하고.

"흐엉, 흐어엉!"

"꾸어엉, 꾸어엉!"

모인 일동 앞에 보란 듯이 각기 팻말을 번쩍 든다.

〈예부터 개와 곰은 무릇 만물의 영장이라 했다. 무능한

사람 새끼들 뒤치다꺼리하느라 고되지만 이 기회에 우리의 위엄을 만천하에 떨치리라!〉

〈원래 재주는 사람이 넘고 그 공은 짐승이 차지하는 것이 세상의 이치이거늘. 아, 물론 일용할 양식인 돼지는 우리 부류에 낄 수도 없고 아예 취급조차 하지 않는다! 너희는 그나마 돼지 신세보다 낫구나.〉

그러곤 흥청이 다시 새로이 글을 새긴 팻말을 위로 드는데.

〈다 같이 입을 모아 소리 질러 봐! 흐엉!〉

하지만 각급 문도들 모두 어이없다는 표정으로 눈만 멀뚱거릴 따름이다.

그것을 본 망청이 죽창으로 땅을 세게 치며 신경질을 부렸다.

"크응!"

어서 팻말의 글대로 소리를 지르라는 뜻.

하연설, 단선후 등 연무장에 집합한 인원은 마지못해 '흐엉' 하고 소리를 내며 저마다 인상을 구겼다. 비록 흥청, 망청이 곰이라 해도 명색이 간부진이니 어쩔 수 없는 노릇이었다.

'큰 싸움이 코앞까지 닥친 이 심각한 상황에 저 무슨 허무맹랑한 짓거리야!'

그렇듯 다들 속으로 투덜대는 가운데 흥청, 망청은 비로소 흡족하다는 양 커다란 입을 히죽 당겨 올리며 기이한 소성을 흘렸다.

"우힝, 우힝."

"후오옹, 후옹."

뒤이어 흥청, 망청은 자랑스레 팻말을 들어 보이며 검무영을 응시했다.

〈교두님, 보십시오. 저희의 격려 덕분에 전원 사기가 충천한 상태입니다. 이 정도면 앞으로 저희한테 만두 공급량을 늘려 주셔도 되지 않겠습니까?〉

〈그럼 저희도 사기가 하늘을 찌를 듯이 매우 높아질 것입니다. 이 자리를 빌려 약속해 주신다면 용신부를 상대로 죽창 앞에 만인이 평등하다는 불변의 진리를 확실히 가르쳐 보이겠습니다.〉

관궁이 대뜸 면상을 일그러뜨리며 고함쳤다.

"크윽, 고만 좀 해! 이 미친 곰 새끼들!"

그러자 흥칭, 망칭이 기가 죽은 듯 커다란 몸뚱이를 움찔하곤 양쪽 귀를 접는다.

미간을 좁힌 관궁이 거듭 목소리를 높였다.

"어이, 검씨! 아니, 나더러 저런 정신 빠진 놈들 데리고 싸우란 말이냐? 식충이랑 그 새끼들 다루는 것도 짜증 나는데! 어? 그냥 전력을 다시 편성해 줘!"

"네 팔자려니 여겨."

검무영이 심드렁하게 대꾸한 순간 개새가 갑자기 새끼 네 마리를 향해 나지막이 짖었다.

"멍, 멍멍, 멍, 멍."

저 애늙은이도 용신부랑 동일한 주적이란다, 절대 잊지 말렴.

바로 그 뜻이다.

개소름, 개이득, 개간지, 개폭망이 알겠다는 듯 앙증맞은 고갯짓으로 화답했다.

"앙, 앙앙."

"이 망할……! 또 주적 타령이냐!"

관궁이 두 눈에 쌍심지를 켜자 개새와 새끼 네 마리가 일제히 줄행랑을 쳤고 그렇게 이른 아침부터 요란한 술래잡기가 시작되었다.

여느 때와 다를 바 없는 그 광경 앞에 문도들 모두 소리

없이 웃었다.

'역시나 긴장감 따위는 없구나.'

너 나 할 것 없이 똑같은 생각들.

오히려 그런 모습을 보고 있으니 마음이 안정을 되찾는 기분이었다. 어쩌면 일동을 안심시키기 위한 어떤 배려는 아닐까 싶은 생각마저도 들었다.

물론 평소에 개차반인 관궁의 성품을 고려하면 그럴 가능성은 거의 전무할 테지만, 어쨌거나 그의 존재 자체가 믿음직스러운 것만은 부정하기 힘들었다.

검무영이 이내 또렷한 음성을 발했다.

"변절자는 아마 의도적으로 힘을 아끼며 후방에 대기할 것으로 짐작한다."

하연설이 의외란 표정으로 물었다.

"네? 직접 전면에 나서지 않고요?"

"언뜻 보면 자신의 힘에 도취되어 광폭한 걸음을 밟는 듯해도 매사에 아주 조심스러운 놈이다. 그러니 처음엔 우리가 보유한 전체적인 힘을 가늠하고자 휘하 무리를 앞세울 게 분명해."

그렇게 말한 검무영이 고개를 돌려 간부진을 바라보더니.

"우리도, 적도 모두…… 가공할 무력을 가진 고수진이

포진한 상태야. 적이 총력을 쪼개 진격해 들면 우리 역시 총력을 여러 갈래로 나눠 대응할 수밖에 없지. 그러면 자연히 고수진도 분산이 될 테니까."

공야휘가 진중한 눈빛으로 그 말을 받았다.

"핵심 전력이 나뉘면 용신부가 더 유리할 것이라 판단한 모양이군요."

"그만큼 굳게 믿고 있는 것이지. 전황을 살피다가 적절한 시기에 투입할 수마인 무리의 괴력을…… 그래서 난 시작부터 놈을 전장의 중심으로 이끌어 낼 거다. 아니, 오롯이 나만 상대할 수밖에 없는 상황을 만들어 버릴 거야. 뭐, 내가 모르는 다른 모종의 계책을 꾸몄다고 해도 크게 달라지는 건 없다. 그러니 본 문의 간부진 전원은 간악한 변절자의 행보는 신경 쓰지 말고 예의 작전대로 각자 앞에 나타날 적의 고수진을 쓰러뜨리는 데에 집중하도록."

검무영은 호기로운 그 말과 함께 신형을 뒤돌리더니 목소리를 이었다.

"식당으로 가서 배를 채워 볼까. 오늘 할멈이 마련한 음식은 여느 때와 다르게 평범해. 그녀 또한 참전에 앞서 기를 소진하면 곤란하니까. 자, 점호 끝."

그러곤 저편으로 휘적휘적 나아가는 그.

당능통을 비롯한 간부진과 적전제자들, 평제자들 등이

뒤따라 차례로 걸음을 옮기는 와중에 천마제 광뢰가 천마신교 마인들 앞으로 다가서며 나지막한 목소리로 일렀다.

“본 교는…… 용신부란 공적을 섬멸하기 위해 결국 혈교와 손을 맞잡게 되었다. 안타깝게 이승을 떠난 천안마무자도 아마 이러한 일은 미처 예상하지 못했을 것이야. 이는 필시 하늘의 뜻이리라.”

그러자 천마삼공인 대천마도공 갈무정, 마심검공 후효, 개벽마부공 야소가 말없이 고개를 끄덕인다.

직후 갈무정이 가만히 입을 뗐다.

“어쩌면 그곳에 계신 초대 천마신의 안배가 아닐까 싶은 생각마저 드는군요. 마치 당신께서 내린 큰 뿌리가 칠백오십 년 전에 두 갈래로 나뉘어 버린 것을 안타깝게 여기신 듯이…….”

“두 교는 지난 오랜 세월 동안 갈등을 빚어 왔지만 이번 기회로 말미암아 서로 신의를 가지고 합심해야 할 때이니라. 그리하여 승리를 거두고 빼앗긴 터전을 다시금 찾아 새로운 질서를 세우기 위한 노력을 기울여야 한다.”

광뢰는 말을 끝냄과 동시에 한옆으로 시선을 던졌다. 거기엔 마찬가지로 혈교 마인 무리를 독려하는 혈마대제 적우신의 모습이 보였다.

희미한 미소를 머금은 광뢰가 이내 동공을 빛내며 속으

로 중얼거렸다.

'나와 그, 만약 우리 둘 중 한 명이 예서 싸우다 목숨을 잃더라도…… 두 교가 새롭게 힘을 합쳐 꾸려 나갈 앞날은 결코 절망적이지 않으리라.'

바로 그때.

의미 모를 묘한 표정을 짓던 적우신의 내밀한 전음이 귀전에 불쑥 와 닿았다.

『큼, 시선이 왠지 기분 나쁘군! 눈빛이 이상하리만치 따뜻해! 설마…… 내게 호감을 품은 것이냐? 그렇다면 더욱 더 기분이 나쁘구나!』

발끈한 광뢰가 마주 전음입밀을 시전했다.

『한낱 제자한테 돈 받고 국수나 말아 주는 주제에…… 끌.』

동시에 적우신이 소매를 걷어 올리며 소리쳤다.

"갈! 싸우자, 이놈!"

* * *

한중.

섬서성의 남서쪽 지점, 사천성 경계와 인접한 곳에 위치한 고도.

천야만야 깎아지른 벼랑과 구불구불 위태롭게 이어진 잔도, 융연한 운봉이 즐비한 이 험지의 어느 산곡에 뿌연 운무를 벗 삼아 우뚝 서 있는 거대한 성채 하나가 보였다.

과거 단두혈맹 총부이던 이곳은 검찰부 지부 합영달과 안찰사 부사 목문율형의 주도로 증축과 개조를 해 이전과 완전히 다른 모습으로 탈바꿈했다.

경공술 대가조차 쉬이 넘기 힘들어 보이는 높다란 성벽, 창날처럼 뾰족이 치솟은 전각들, 그리고 각종 공성 시설이 마련된 성채는 흡사 난공불락의 요새를 연상시킬 정도로 웅장한 위용을 과시하는 중이었다.

동이 틀 무렵에 이미 식사를 끝낸 정파와 사파의 수뇌부는 누가 먼저라 할 것도 없이 한 전각의 내실에 모였다.

이 자리는 결전을 앞둔 마지막 회동.

천붕대검존 묵진겸을 비롯해 창궁검존 남궁시성, 흑운신패 태사진, 유성검신 임총, 환우비영신 좌헌 등 강호의 존자들 모두 엄숙한 표정으로 이야기를 나누며 세부 작전을 거듭 재확인하고 차례로 해당 전력의 점검을 마쳤다.

이윽고 묵진겸이 입을 열어 무거운 목소리를 내뱉었다.

"짐작건대 사천성을 향한 용신부 무리도 지금쯤 성도 경내에 당도했을 것이외다. 중원 무림의 운명은…… 금일에 판가름이 날 듯하오."

그러자 남궁시성이 의미심장한 눈빛으로 물었다.

"묵 성주, 한데…… 정말 괜찮겠소? 솔직히 예의 작전을 조금 수정하는 게 어떨까 싶은데."

그러자 묵진겸이 고갯짓을 보이더니 재차 목소리를 이었다.

"훗…… 내 몸소 증명해 보이리다. 중원 무림에 내리비칠 희망의 빛을. 무림사의 전설인 사해쌍도황이라 해도 이 몸을 쉬이 꺾을 수는 없소이다."

별안간 내실의 문이 벌컥! 열리더니 헌앙한 기도의 청년 검수가 발을 들였다.

"여러 명숙께선 서둘러 일전을 준비하십시오. 방금 전의 정찰조 보고에 따르면 적이 드디어 지척에 이르렀습니다."

그 정체는 바로 천패검붕 군율이었다.

의자로부터 신형을 일으켜 세운 묵진겸이 칼자루를 움키며 말했다.

"시간은?"

"거리로 보아…… 일각 후면 본격적인 공세를 전개할 것입니다."

군율의 대답에 묵진겸이 머리를 주억인 후 가볍게 손짓하자 일동이 일제히 문밖으로 향했다.

직후.

묵진겸이 힘찬 걸음으로 문을 나서며 자신의 곁에 선 군율을 향해 나지막한 목소리를 흘렸다.

"이 싸움이 끝나고 내가 살았든 죽었든…… 본 성의 차대 성주는 네 자리가 될 것이다. 이미 다섯 전주를 비롯한 수뇌부 전원이 동의했느니라."

"……!"

군율이 놀란 표정을 짓자 묵진겸이 옅은 웃음기를 머금고는.

"그래, 이만 물러날 때가 되었지. 이 손에 피를 묻히는 건 오늘이 마지막일 것이야."

"어찌……."

군율이 난색을 표하자 묵진겸이 한층 선명한 미소를 띠며 상대의 어깨에 손을 올렸다.

"참으로 미안했다. 예전의 나는 우습게도 저 천무외와 다를 바가 없었어. 명맥을 이을 소중한 제자를 쓰다 버리는 도구쯤으로 여겼으니…… 이제 그 빚을 갚으마."

그러곤 빠른 걸음으로 나아간다.

군율이 그 뒷모습을 보며 중얼거리듯 말했다.

"사부님……."

홀연 신형을 멈춘 묵진겸이 고개를 뒤돌리고.

"고맙다. 내심 그 호칭이 그리웠는데…… 죽기 전에 다시 들을 수 있어 다행이구나."

이내 군율이 붕익의 자루를 꽉! 쥐며 화답한다.

"확신하고 있습니다. 목숨을 잃는 쪽은 사부님이 아니라 사해쌍도황일 것이라고."

* * *

사해쌍도황 섬맹을 필두로 강선림의 무인들, 황룡대를 포함한 세 개의 검대와 호룡검단, 추룡검단 등 다섯 개의 검단, 그리고 마도 무림 세력의 전력과 수마인 무리가 숲속에 모습을 드러냈다.

그렇듯 수많은 인원이 오십여 장을 나아가자 비로소 저 앞쪽에 신비로운 풍광과 어우러진 절벽 위의 거대한 성채가 시야에 담겨 들었다.

섬맹이 고개를 들어 그곳을 바라보며 히죽 웃었다.

"진격을 시작하라!"

"예!"

우렁찬 대답이 메아리치고.

파파파파파파, 파파파파파파파—!

수를 헤아리기 힘든 엄청난 인파가 마치 태풍과 같은 풍성을 터뜨리며 절벽 쪽으로 몸을 날렸다.

뒤따라 경공술을 전개한 섬맹이 짙은 살기를 토하며 속으로 중얼거렸다.

'풀무로 쇠를 녹이듯 끓는 물로 눈을 녹이듯…… 그렇게 저기 모여 있는 강호 패거리는 모조리 본좌의 칼날 아래 소멸할 것이다. 크흐흣.'

第八章

빼앗으려는 자들, 지키려는 자들

우르르르, 우르르르르……!

용신부 무리의 대이동으로 곡지 일대가 진동을 일으키며 울음을 터뜨렸다.

마치 폭풍이 휘몰아치듯 사나운 기세.

투기와 살기가 어우러진 그 맹렬한 진격 앞에 주변 공기마저 작은 떨림을 자아내며 강호 무림의 운명을 건 혈전을 예고한다.

목표인 절벽 위의 거대 성채에 도달하기 위해선 운무가 낀 울창한 숲의 좌우로 뻗은 오르막길을 지나쳐야 했다.

남룡정 신화검공 문수와 함께 최선두로 내달리던 동룡정

유령검조 구정이 행로를 좌측으로 틀어 수신호를 보내며 전성을 보냈다.

『아마도 숲속에 매복한 무리가 있을 것이다!』

직후 뒤쪽의 황룡대 전원이 눈빛으로 대답을 대신하며 내공을 운용해 기감을 한껏 돋웠다.

갈룡대 역시 두 용정의 행로를 따라 빠르게 나아가며 저마다 신경을 곤두세웠다.

그렇듯 황룡대와 갈룡대가 호기롭게 선봉대를 맡아 좌측 숲길을 질주하는 가운데 예하의 호룡검단과 추룡검단도 뒤로 줄을 지어 내달렸고 성마루(星魔樓), 주마참대(朱魔斬隊), 망혼문(亡魂門), 광마맹(狂魔盟), 탕마밀원(蕩魔密院) 등마도 무림 전력도 꼬리에 꼬리를 물며 두 발을 바삐 놀렸다. 그리고 대열의 최후방엔 나머지 검단인 운룡검단, 거룡검단, 무룡검단이 자리했다.

원래 운룡, 거룡, 무룡으로 불리던 검단 셋은 예전 용신부 근거지에 잔류했다가 검무영의 가공할 손속에 의해 전멸을 당했다. 즉 지금 이곳에 합류한 세 개의 검단은 명칭만 같을 뿐, 그 구성원은 아예 새롭게 꾸려 재편한 단체였다.

운룡검단주가 돌연 두 눈을 번뜩이며 제 휘하 무리를 향해 일렀다.

"드디어 임전의 순간이 닥쳤다! 비록 원적인 검무영은 이곳에 없다마는, 처참하게 사멸해 버린 이전의 세 검단을 대신해 저 중원 놈들이 피로써 예의 치욕스러운 빚을 갚게끔 만들어야 할 것이야!"

"명을 받듭니다!"

운룡검단의 검수들 목소리가 짧게 울려 퍼지자 거룡검단, 무룡검단 역시 무언의 고갯짓을 보이며 저마다 흉맹한 기세를 한층 드높였다.

한편 섬맹은 그 행렬과 반대 방향인 우측 길을 택해 신속히 무리의 앞머리로 나아갔다. 그와 동시에 누군가를 향해 내밀한 전음으로 당부의 말을 남겼다.

『너는 별도의 신호가 있기 전까지 움직임을 삼가라, 알겠느냐?』

그 대상은 바로 백의를 걸친 젊은 사내.

강선림의 상위 고수이자 자신의 둘도 없는 심복 백우선령이었다.

『예, 도황.』

마찬가지로 내밀한 전음을 발해 대답한 백우선령은 곧 고개를 뒤돌리며 나지막한 목소리를 내뱉었다.

"전원 대기하라."

그러자 후방 공간을 시커멓게 물들인 수천 명의 수마인

이 광기 가득한 눈빛으로 일제히 멈춰 섰다.

"킁……."

"크르……."

마치 성난 맹수처럼 콧김을 뿜는 그들.

어서 빨리 이 피비린내 가득한 축제를 즐기고 싶다는 듯 저마다 시뻘건 안광을 폭사하며 송곳니를 드러낸다.

백우선령은 눈길을 거두며 다시 앞으로 고개를 돌렸다.

'천붕대검존…… 네가 과연 도황의 칼을 제대로 감당할 수나 있을까.'

이내 입매에 엷은 미소가 번졌다.

그것은 자신의 섬기는 주인 사해쌍도황의 절륜한 무위에 대하여 그 어떤 흔들림도 없는 확신을 대변하는 웃음이었다.

그때.

섬맹은 행렬의 꼭짓점이 되어 빠르게 나아가다가 뒤를 힐긋 살피며 천리전성을 터뜨렸다.

『금일, 용신부의 깃발 아래 본좌와 더불어 위대한 역사를 만들어 보자꾸나!』

창졸간 발밑의 지면이 움푹 꺼지고.

꽈드득—!

발바닥의 용천혈로 고강한 기운을 토한 그의 신형이 눈

에 보이지 않는 빛살처럼 전방을 향해 급속도로 뻗어 나갔다.

불과 숨 몇 번 쉴 동안에 안개 자욱한 공간 저 너머로 사라지는 그.

총력이 주둔 중인 상대 진영을 지척에 두고 단신으로 먼저 일행을 앞질러 나아가다니, 실로 대단한 자신감이 아닐 수가 없다.

호홀지간 이십 대 후반인 듯한 백의 여인 하나가 목청을 돋워 외쳤다.

"길을 서두르자! 뒤처지면 곤란하다!"

백우선령에 버금가는 강선림의 여고수 영화선령(榮花仙靈)이었다.

그걸 신호로 강선림 소속 무인들, 용신부 벽룡대(碧龍隊)의 검수들, 그리고 야월마막의 수장 괴월마영을 비롯한 마인 무리 수천 명도 즉각 상승 내력을 이끌어 내며 돌진에 박차를 가했다.

*　*　*

피피피피핏, 피피피핏, 피피피피핏—!

날카로운 음향이 마구 터져 나오며 각종 암기가 파도처

럼 쇄도해 일대 공기를 매섭게 갈랐다.

동시에 귓전을 따갑게 두드리는 금속성.

채채채챙— 채챙, 채채채채챙—!

남룡정 문수와 동룡정 구정이 각기 검막과 비슷한 상승 방어 검식으로 암기들 전부를 일제히 튕겨 내는 소리였다.

뒤쪽의 황룡대, 갈룡대 등도 저마다 검을 어지러이 휘두르며 쇄도하는 각종 암기를 막아 냈다.

까가가가강, 까가가가가강, 까가강……!

쇳소리가 사위에 메아리치는 와중에 문수의 눈빛이 돌변했다.

"참으로 조잡한 술책이로다."

속삭이듯 중얼거린 그가 좌수를 빠르게 내젓자 수십 개의 암기가 일제히 정지하며 허공에 머물렀다.

무형지기에 이끌린 것이다.

재차 손이 움직이고.

펄럭—

그렇게 소맷자락이 가볍게 흔들리자 예의 암기들 전부가 방향을 거꾸로 틀더니 무수한 화살처럼 쏘아졌다.

"커억!"

"끄으윽!"

"악!"

주변 고목들 사이에 숨어 암기를 뿌렸던 인원이 치명상을 입고 괴로운 목소리를 내뱉으며 바닥에 쓰러졌다.

털썩, 털썩…….

그 인원의 정체는 정파 굴지의 명문 무가인 제갈세가 소속의 무인들.

문수에 이어 구정도 솜씨를 발휘했다.

사아아아아아악—

흡사 유령의 숨결처럼 은밀한 궤적을 그리는 칼날.

유령검각을 대표하는 검학 유령이십사검의 절초 유령밀살(幽靈密殺)의 검기가 여러 갈래로 나뉘어 발출되자 은신해 있던 제갈세가 무인들 수십 명이 재차 단말마의 비명을 질렀다.

구정이 한쪽 눈썹을 꿈틀 올리며 명을 내리고.

"시야를 확보하라."

황룡대를 비롯한 용신부 검수 무리가 멸절의 용신기를 운용하더니 사방을 노려 무차별적인 참격을 뿌렸다.

슈아아아아, 슈아아아아, 슈아아아아—!

쾌속한 검기들 앞에 반경 십여 장의 고목이 반듯하게 잘려 나가며 요란한 괴성을 내질렀고, 그 공간 내에 숨어 있던 무인들 대부분이 즉사하고 말았다.

검을 비스듬히 기울인 문수가 왼손으로 수염을 쓰다듬으

며 히죽 웃었다.

"훗. 괜히 시간을 끌려는 속셈인가? 어리석은 놈들. 이렇듯 단번에 없애 버리면 될 일이거늘."

이내 호룡검단, 추룡검단 등 용신부가 거느린 전력이 차례차례 이곳에 당도한 바로 그 순간.

휘리릭—

옷자락이 나부끼는 소리와 동시에 고강한 기도를 내뿜는 오십 대 사내가 귀신같은 경공술로 먼 전방에 나타나 섰다.

하나 문수는 그런 상대를 보고도 아무런 표정 변화가 없었다.

"언제까지 숨어 있을까 궁금했는데."

이미 그 기척을 간파하고 있던 것이다.

불꽃 문양의 무복을 두른 예의 인물은 현 철무련의 련주인 공야휘를 대신해 휘하 무리를 통솔 중인 철사자 서문취수였다.

"오늘 제갈세가의 희생은 내 절대 잊지 않으리다."

그렇게 말한 서문취수가 발검세를 취한 찰나 무수한 풍성이 일더니 그 곁에 이백여 명의 검수가 등장해 긴 병풍처럼 도열했다.

바로 철무련이 자랑하는 일류 검수 집단인 철사검회의 최정예 회원들.

그것이 끝이 아니었다.

련내 서열 삼 위의 고수 화인철검자 채엽과 철심검회를 비롯해 무려 일천 명에 육박하는 검수 무리가 일사불란한 동작으로 나타나 진용을 갖췄다.

직후에.

화르륵, 화르륵, 화르륵, 화르륵……!

저마다 검 위로 붉은 화염지기를 내뿜으며 일대 공기를 순식간에 뜨겁게 달군다.

문수와 구정은 서로 시선을 교환하더니 후방을 향해 각기 손짓을 보냈다.

잠깐 대기하라는 수신호.

죽이기 전에 상대의 솜씨를 구경이나 해 보자는 뜻이다.

전장과 어울리지 않는 그 여유로운 태도는 곧 자신들 무위에 대한 믿음의 발로이리라.

이내 구정이 한 줄기 전성을 발했다.

『정면으로 붙어 볼 참이냐?』

그러자 서문취수가 불길 같은 기파에 휩싸인 검을 정면으로 겨누며 짤막한 전성으로 답했다.

『무슨.』

동시에 검극을 통해 염화의 검기가 적진을 노려 드넓게 뻗어 나가고.

화아아아아아악—!

질세라 화인철검자 채엽을 포함한 검수들 모두 동일한 염화의 검기를 내뿜었다.

화아아아악, 화아아아아악, 화아아악—!

마치 이 공간 전체가 불길 가득한 지옥으로 화한 듯한 광경.

한데 그때.

방대한 불길이 지면을 스치며 나아가자 그 방향을 따라 새로운 불꽃이 무수하게 일더니 어마어마한 폭성이 울려 퍼졌다.

꽈과과광, 꽈광, 꽈과과과과과광, 꽈과과과광!

연쇄적인 폭발에 의해 땅을 깨부수고 치솟는 시뻘건 불길들.

제갈세가의 안배로 매설해 놓은 화탄과 폭약이 한꺼번에 터지자 화마(火魔)의 화신이 강림한 듯 일대 숲이 통째로 불타기 시작했다.

* * *

일백여 장의 길을 단숨에 압축해 질주하던 섬맹의 입매가 돌연 한쪽으로 비틀렸다.

초절한 육감에 와 닿는 기척을 간파한 것이다.

아니나 다를까 그가 신형을 우뚝 멈춰 세우자마자 전방으로부터 일련의 검수 무리가 뿌연 안개를 헤치고 나와 모습을 드러냈다.

섬맹은 즉각 양쪽의 칼자루를 검쥐었다.

"그래, 등장이 빨라 좋구나. 크흣."

검수 무리는 대략 삼 장 거리에 이르러 넓게 펼쳐 섰고, 그들 중 복판에 자리한 중년 사내가 근엄한 얼굴로 말을 받았다.

"처음 뵙겠소, 사해쌍도황."

"네가 그 대붕성주란 애송이더냐?"

섬맹이 물음을 던지며 살심을 담은 미소를 흘리더니 두 자루 도를 빠르게 뽑아 들었다.

상대의 옷에 있는 화려한 붕조 문양을 보고 그 정체를 확신한 듯한 표정이다.

스르릉—

앞서 말을 받았던 중년 사내가 마주 검을 뽑아 들자 섬맹이 체외로 고강한 무형지기를 발하며 쌍도를 쥔 채 성큼성큼 걸음을 옮겼다.

"사파 최강자로 영광을 누리며 사는 것도 오늘이 마지막이리라."

콰콰콰콰콰, 콰콰콰콰콰……!

요란한 소리와 동시에 주변 사물이 무참히 깨져 허공으로 비산했고 지진이 난 것처럼 일대 공간이 심한 떨림을 자아냈다.

꽈직, 꽈지직, 꽈직!

무시무시한 무형지기의 힘.

대붕성 검수 무리도 일제히 상승 내공을 운용해 그 압력에 대항하며 검을 쥐었다.

예의 중년 사내가 극성의 공력을 이끌어 내며 육방전성을 터뜨렸다.

『본 성은 결코 호락호락하지 않을 것이다!』

섬맹의 동공 위로 귀화와 같은 빛이 번뜩인 찰나.

사사사사사사사사……!

강대한 무형지기의 영향으로 주변 가득히 넘실거리던 안개가 일시에 흩어지며 자취를 감췄고, 머리 위쪽 저 하늘의 구름마저 원형으로 퍼져 나가더니 순식간에 소멸했다.

일신의 초절한 내공 수위를 방증하는 경이로운 광경이다.

예전 사천청풍대회에서 천붕대검존 묵진겸이 무대 위로 올라 보여 주었던 그것과 비교해도 전혀 모자람이 없는, 아니 어쩌면 그것을 상회하는 느낌까지 들 만큼 장중한 기도였다.

심지어 이채를 머금은 한 쌍의 눈도 쉬이 범접하기 어려운 기이한 힘을 발하는 듯했다. 그 시선을 똑바로 마주하고 있자니 흡사 전신이 무참히 난도질을 당하는 것만 같았다.

만약 여느 무인의 경우라면 사천청풍대회 당시와 마찬가지로 흉중을 엄습하는 공포를 못 이겨 눈을 질끈 감고 말았으리라.

앞서 육방전성을 발한 중년 사내를 포함한 대봉성 일행은 그때와 동일하게 어깨가 마구 짓눌리는 기분이었다.

'사해쌍도황…… 과연 격이 다르구나.'

대봉성주의 위를 상징하는 봉조 문양의 흑색 무복을 걸친 중년 사내는 그렇게 속으로 감탄했다.

상대가 비록 적이라지만 인정할 수밖에 없는 압도적인 존재감이었다.

게다가 더 무서운 점은 저렇듯 경이로움을 선사하는 무형의 기도가 아직 극성의 힘을 발휘한 상태가 아니라는 것인데.

하나 막아야 한다.

죽음을 불사할 각오로, 행할 수 있는 수단과 방법을 총동원하여 어떻게든 말이다.

금일의 싸움에 중원의 평화와 존망이 걸렸다.

검무영이 버티고 있는 성도 쪽의 연합 전력이 승리를 거둔다고 한들, 이곳 한중에 구축해 놓은 방어진이 뚫려 버린다면 이 땅의 민초들 모두 최악의 전란을 겪게 될 것이다.

세상에 존재해선 안 될 흉맹한 수마인 무리를 생각하면 오늘 반드시 적의 무리를 섬멸하여 그 어떠한 화근도 남기지 말아야 한다.

그때 걸음을 옮겨 나아가던 섬맹이 전방에 눈길을 고정한 채 조소했다.

"본좌가 일 장 거리로 이르기 전에 먼저 손속을 뿌려 보거라."

호기로운 말로 선공을 양보하는 그.

마치 고금을 막론하고 '황'의 칭호는 아무나 가질 수 없음을 여실히 증명하려는 것처럼.

그것은 명백한 경고였다.

이대로 자신이 일 장 거리에 도달하면.

대붕성 일행은 솜씨를 제대로 펼쳐 보일 틈도 없이 모조리 싸늘한 주검으로 화하리라는 경고.

그때 예의 중년 사내의 좌측에 자리한 동년배 검수 둘이 서너 걸음 앞으로 나섰다.

대붕성을 대표하는 최상위의 검수들, 바로 붕혼전의 전주 비붕검작 맹초와 백붕전의 전주 탐혈붕검 귀조였다.

이번엔 중년 사내 우측에 선 검수 둘이 질세라 어깨를 나란히 해 앞쪽으로 신형을 옮긴다.

맹초, 귀조와 마찬가지로 각기 위붕전(威鵬殿), 소붕전(霄鵬殿)을 관장하는 전주 신분의 두 고수 붕호나찰사(鵬號羅刹娑) 민포(閔抱)와 소붕무장(霄鵬武將) 열문함(烈紊喊)이다.

현 성주인 묵진겸을 제외하면 대붕성 내 최강이라는 전주들.

한 명 한 명이 따로 무문을 세우고도 남을 만큼 절륜한 무위를 자랑한다는 세간의 평가는 결코 과장된 것이 아니다.

과거에 이미 철붕대전을 치르며 정파, 사파의 여러 무인들 눈과 입을 통해 확인이 된 사실이므로.

펄럭펄럭—

극성의 내공을 운용한 중년 사내의 옷자락이 부풀어 세차게 나부끼는 가운데.

"이왕에 선공을 양보받았으니 대붕폐천검진(大鵬蔽天劍陣)으로 상대해 주겠다."

그렇게 말한 중년 사내가 네 명의 전주와 더불어 돌격 자세를 갖추자 휘하의 정예 검수들 또한 간격을 조율해 합격진을 전개키 위한 대형을 빠르게 만들어 나갔다.

스윽.

돌연 신형을 멈춰 세운 섬맹이 거만한 턱짓으로 입을 열기를.

"본좌에 맞서 일대일 겨룸을 고집하지 않는 결정은 일단 칭찬해 주마."

『이 몸의 자존심 따위를 생각했다면…… 애당초 합류의 뜻을 밝히지도 않았을 것이다!』

다시 한번 터져 나온 육방전성.

그와 동시에.

우우우웅!

중년 사내의 우수에 들린 칼날이 강한 떨림을 일으켰다.

막대한 공력이 실린 까닭이다.

뒤따라 전주들, 그리고 휘하 검수들 역시 칼날로 진기를 한껏 주입하자 노래를 부르듯 금속성이 마구 울려 퍼졌다.

쿠구구구, 쿠구구구구……!

한층 강하게 진동하는 지면과 대기.

직후 때 아닌 천둥이 치는 것처럼 꽈르릉! 하고 일대 공간이 흔들린다.

섬맹이 추가적인 내공을 이끌어 내 무형지기의 범위를 확장한 영향이었다.

대붕성 검수들 중 일부는 하마터면 중심을 잃고 무릎을 꿇을 뻔했지만 저마다 이를 악물고 혼신의 힘을 다해 버텼다.

이내 중년 사내의 동공이 강렬한 빛을 내뿜는다.

'시간 싸움이다.'

그러곤 칼날 주위로 기파를 퍼뜨리며 명을 내렸다.

"준비하라!"

동시에 삼백여 명의 정예 검수들 모두 검을 사선으로 기울여 세웠다.

처처처척, 처처처척, 처처처척.

서너 겹의 횡대를 이루며 펼쳐 선 그 전투 대형은 흡사 거대한 붕조가 좌우 날개를 길게 뻗은 듯한 모습을 연상시켰다.

대붕성 내 최고의 합격진 중 하나인 대붕폐천검진을 전개하는 건 과거 철붕대전이 종식된 이후로 오늘이 처음이다.

복판에 자리한 중년 사내와 네 전주들, 그리고 휘하 무리가 숨기를 고르며 살기와 투기를 발산하다가 일제히 발바닥으로 지면을 세게 밀며 돌진을 시작했다.

파파파팟, 파파파파팟, 파파파팟—!

요란한 풍성과 함께 급격히 압축되는 간극.

섬맹이 입매를 씰룩 비틀어 올린 찰나 예의 중년 사내가 이십 보 거리에 이르자마자 검을 곧게 내리그었다.

슈아앗!

파공음에 이어서.

꽈드득—!

지면이 깨지는 소리가 울리며 그로부터 어마어마한 경력이 폭발하며 수십 마리의 붕조 형태로 화해 정면으로 뻗어나갔다.

콰아아아아아아아—!

붕조 떼가 돌진하는 듯한 검기의 파도.

대붕성 고유의 상승 검학 대붕천심검법, 그 절초 중 하나인 대붕조익난검무와 일맥상통하는 묘용을 가진 강력한 검초 붕군파상격이었다.

중년 사내 양옆의 붕혼전주 비붕검작 맹초, 백붕전주 탐혈붕검 귀조, 위붕전주 붕호나찰사 민포, 소붕전주 소붕무장 열문함도 일제히 붕군파상격을 뿌렸다.

섬맹이 그 합격에 맞서 쌍도를 종횡으로 교차하자.

차카앙!

거대한 기류가 파문처럼 둥글게 번지며 투명한 막을 생성했다.

꽈과광, 꽈과과광, 꽈광!

천지가 무너지는 듯한 굉음.

일련의 붕군파상격과 충돌한 기막이 심하게 출렁거리는

와중에 중년 사내의 곁을 지나쳐 나아간 휘하 검수들 모두 찌르기 초식인 대붕괴조섬을 시전했다.

좌아아아아— 좌아아아, 좌아아아아아아—!

두 눈을 매섭게 빛낸 섬맹이 갑자기 쌍도를 지면에 콱! 쑤셔 박자.

꽈우우우우우우웅!

육중한 폭성을 동반한 도기가 커다란 해일처럼 일어나 대붕폐천검진의 좌우 날개 격인 검수 무리를 한꺼번에 덮쳤다.

퍼버버버벙, 퍼버버벙, 퍼버버버버벙, 퍼버벙!

귓전을 때리는 파공음에 이어 날카로운 비명이 연속적으로 들렸다.

"억!"

"크하악!"

"끄극!"

사해쌍도황이란 별호를 상징하는 절정의 공부 환우벽개도식.

섬맹이 펼친 그 고강한 도초에 의해 대붕성 정예 검수 팔십여 명이 시뻘건 피를 뿌리며 저승으로 향하는 길에 몸을 실었다.

하나 대붕성 일행은 손속을 멈추지 않았다.

콰아아아, 콰아아아아— 좌아아, 좌아아아아, 좌아아아—!

대봉폐천검진을 이룬 인원이 거듭 봉군파상격과 대봉괴조섬을 시전하자 주변 공간이 환한 빛에 휩싸여 흔들린다.

섬맹의 두 손에 들린 병기도 쉬지 않고 마중을 나간다.

후우웅, 후우우웅!

쌍도가 좌우 공간을 가르며 예리한 풍성을 터뜨리자 칼날 형태의 백색 도기가 무수히 발출되었다.

쏴아아아앗, 쏴아아아아앗!

환우벽개도식의 강력한 도초, 멸우교란도영(滅宇攪亂刀影)이다.

단번에 시야를 어지럽히는 새하얀 도기들 앞에 대봉성 정예 검수 수십 명이 또다시 상체가 잘려 나가며 죽음을 맞고.

히죽 웃은 섬맹이 전방을 노려 좌수의 도를 쾌속하게 휘둘렀다.

슈칵—!

눈 깜짝할 사이에 이십 보 거리를 격해 나아가는 거대한 백색 기류.

마치 태산 같은 몸집을 가진 거인이 칼을 휘두르는 것처럼 어마어마한 크기의 도기였다.

한 고수의 힘만으론 감당하기 버거운 초식이다.

중년 사내와 네 전주는 누가 먼저랄 것도 없이 저마다 극성 공력을 실은 칼날을 쭉 내밀었다.

퍼어어어어어어엉!

예의 도초와 정면으로 충돌한 다섯 자루의 검이 휘어지듯 뒤로 세게 밀렸고 그 다섯 명의 주인도 몸을 가누지 못한 채 일 장 뒤로 튕겨 나갔다.

꿍, 꾸궁, 꿍……!

지면 위에 등을 처박은 중년 사내와 네 전주는 괴로운 표정을 지었다.

섬맹이 이내 진각을 밟자 쾅! 하고 반원 십 장의 땅이 움푹 꺼졌고 그 무형지기에 의해 대붕성의 검수들 모두 강풍에 휩쓸린 낙엽인 양 휩쓸려 바닥을 나뒹굴었다.

직후 섬맹은 흡족한 눈빛을 띠며 기감을 돋웠다.

'크큿, 예상은 했다만…… 이 자리에 묵진겸보다 강한 내공을 보유한 놈은 없군. 그렇다면 저놈 하나만 죽이면 더 이상 날 귀찮게 할 방해 요소는 전무하리라!'

솔직히 당대 사파 최고수라는 묵진겸에 대해 약간의 경계심을 가진 상태였는데, 막상 상대해 보니 기우에 불과했다.

바로 그때.

저 멀리의 숲에서 수십 줄기의 벼락이 작렬하는 것 같은 소리가 사납게 메아리쳤고 방대한 불길이 허공으로 마구 치솟았다.

꽈과과광, 꽈광, 꽈과과과과과광, 꽈과과과광!

황급히 고개를 옆으로 돌린 섬맹은 그것을 발견하자마자 표정이 흠칫 굳었다.

'저것은……?'

제갈세가의 안배로 매설해 놓은 화탄과 폭약이 철무련 일행의 화염지기로 말미암아 한꺼번에 터지는 광경이었다.

찰나 귓전에 와 닿는 누군가의 음성.

"윽…… 동리 전주, 괜찮소?"

힘겹게 몸을 일으키는 소붕무장 열문함이 발한 목소리였다. 그 물음의 대상은 바로 대붕성주의 복색을 한 중년 사내였다.

천붕대검존 묵진겸이 아닌 동리 전주라니, 그렇다면 그 정체는 오붕전의 전주들 중 으뜸이라는 성내 이인자 붕옥무결검 동리을홍을 의미함이다.

'일부러 성주의 옷을 걸쳤나! 그럼 성주 놈은……?'

섬맹이 그 의문을 품기가 무섭게 저편에 쓰러져 있던 한 젊은 검수가 갑자기 일어서며 강맹한 검초를 쏘아 보냈다.

촤촤촤촤촤촤촤촤촤—!

대봉천심검법의 삼대 절초 대봉조익난검무.

검초를 시전한 그의 정체는 놀랍게도 천패검붕 군율이었다.

동시에 다른 방향에 쓰러져 있던 중년의 검수가 신형을 일으켜 세우며 손을 쾌속하게 내저었다. 그러자 섬맹이 선 자리의 후방 공간이 우레와 같은 소리를 내며 뒤틀리더니 투명한 검이 불쑥 쇄도해 들었다.

쐐애애애애액!

검도 최상승 경지 중 하나인 무형검이다.

대봉조익난검무를 막으려던 섬맹은 미처 보법을 밟아 피할 새도 없이 투명한 검에 좌측 어깨를 무참히 꿰뚫렸다.

푸하악!

분수처럼 치솟는 선혈.

뒤이어 대봉조익난검무가 상대의 신형을 무차별적으로 강타하며 파공음을 터뜨렸다.

퍼버버버버벙, 퍼버버버버버벙—!

직후 기습적인 무형검을 구사했던 중년 사내가 이내 검을 고쳐 잡으며 웅혼한 전성을 울린다.

『내가 대봉성주 묵진겸이다.』

신분을 밝히는 소리가 끝나기가 무섭게.

슈슈슈슈슈슈슈—!

묵진겸이 움킨 붕백의 칼날 주위로 치솟는 날개 형상의 기류들.

군율과 동일한 대붕조익난검무를 꺼내 보인 것이다.

흡사 대붕의 커다란 날개 수십 개가 예기를 머금은 검으로 화한 것처럼 격렬하게 회오리치더니 손속을 따라 상대를 노려 돌진했다.

촤촤촤촤촤, 촤촤촤촤촤—!

거리를 격한 대붕천심검법의 절초가 다시 한 번 중심을 잃은 섬맹을 연쇄적으로 강타했다.

퍼버버버벙, 퍼버버버벙, 퍼버버버벙……!

두 사람이 잇달아 시전한 대붕조익난검무의 막대한 기운에 의해 자욱한 먼지구름이 시계를 가린 가운데 군율은 내공을 한껏 이끌어 낸 상태로 매서운 눈빛을 뿜었다.

꾸우욱—

미약한 마찰음이 들릴 정도로 시커먼 칼자루를 세게 고쳐 잡는 손.

붕익이 그런 제 주인의 투지에 감응하듯 지이잉! 하고 울며 새하얀 기파를 무럭무럭 피워 올린다.

질세라 붕무전주 붕옥무결검 동리을홍을 비롯해 백붕전주 탐혈붕검 귀조, 붕혼전주 비붕검작 맹초 등이 거듭 내공을 극성으로 운용하자 신속히 몸을 추스른 정예 검수들 또한 앞서 흐트러졌던 대붕폐천검진을 새로이 갖췄다.

기습에 성공한 묵진겸도 여태껏 억눌러 놓았던 체내 공력을 개방하고.

드드드드드드드……!

지면이 떨리며 아우성을 치자 대붕성 고유의 신물이자 당대 최고의 명검 중 하나인 붕백이 호응하는 것처럼 검명을 퍼뜨렸다.

우웅, 우웅, 우웅!

뒤이어 그가 휘하 무리를 향해 전음입밀을 시전했다.

『진짜 싸움은 이제부터 시작이다.』

일동이 무언의 고갯짓으로 대답을 대신한 그때.

무형의 기풍이 강하게 일어 일대 공간의 먼지구름이 허공으로 치솟아 사라졌고 연속 공세를 허용한 섬맹의 모습이 훤히 드러났다.

앞서 충격을 받고 뒤로 밀린 것을 방증하듯 바닥엔 길고 깊게 파인 족적이 선명했다.

"꼼수는 다 부렸느냐?"

입술을 비집고 새어 나오는 살기 가득한 목소리.

그렇게 말한 섬맹이 전방에 시선을 고정한 채 쌍도의 끝을 땅 쪽으로 기울이자.

드드드드, 드드드드드, 드드드—!

요란한 흔들림과 동시에 그가 딛고 선 지면이 쩌저적! 하며 커다란 거미줄 같은 금을 그렸고 주변의 경물이 투명하게 일그러져 보였다.

똑, 똑, 똑, 똑…….

두 도의 칼자루를 쥔 손에 힘을 주자 그 영향으로 시뻘건 핏물이 팔뚝을 지나 손끝에 방울로 맺혀 빠르게 떨어졌다.

상처는 한 곳이 아니었다.

앞서 두 차례의 대붕조익난검무로 인해 몸통, 팔뚝 등에 붉은 선을 그어 놓은 듯 가느다란 자상 십여 개가 비릿한 혈향을 풍겼다.

하나 정작 섬맹의 표정은 어떤 흔들림도 없는데.

"흣…… 두 번은 통하지 않을 것이다."

그 순간 무수한 옷자락이 나부끼는 소리가 귓전에 와 닿았다.

펄럭펄럭, 펄럭펄럭—!

이내 묵진겸의 선 곳의 뒤쪽으로 대붕성 소속 무인 팔백여 명이 새롭게 나타나 도열하더니 누가 먼저랄 것도 없이 발검세를 취했다.

예의 무리의 정체는 붕미각(鵬尾閣)의 각주 붕미검객(鵬尾劍客) 복극(僕克), 귀붕각(鬼鵬閣)의 각주 귀검소붕(鬼劍小鵬) 척기지(戚寄志) 등 십이각과 독안태검붕 예현이 이끄는 봉영회를 포함한 구회에서 선발이 된 정예 전력이었다.

이곳에 모인 인원은 기실 대붕성의 총력이라 봐도 무방했다.

찰나 요란한 풍성이 다시 한번 들리더니.

휘리리리리릭, 휘리리리리릭—!

섬맹의 등 뒤쪽에 백의를 두른 젊은 여인을 필두로 한 일련의 무리가 등장해 병풍처럼 길게 늘어섰다.

바로 영화선령을 비롯한 강선림 소속의 신비로운 무인들.

직후 용신부 벽룡대의 검수들, 그리고 수천 명에 달하는 서역의 마인들 또한 신속히 모습을 드러내며 진용을 가다듬었다.

"도황, 괜찮으십니까?"

약간 걱정스러운 듯한 느낌의 말투.

영화선령의 그 나지막한 물음에 섬맹은 뒤도 보지 않고 짤막하게 답했다.

"안위를 묻는 것조차 무례인 것을."

함부로 자신의 실력에 의구심을 품지 말라는 의미였다.

움찔한 영화선령이 황망히 머리를 조아렸다.

"죄송합니다."

별안간 섬맹이 천리전성의 수법으로 이르기를.

『이곳은 본좌만으로 충분하다.』

개의치 말고 이대로 길을 지나쳐 저편 절벽 위 성채에 모여 있을 강호 무림 연합 전력을 말끔히 죽여 없애란 뜻이었다.

"예!"

적이 대답과 함께 일사불란한 동작으로 길을 우회해 나아가자 대붕성 인원도 즉각 날렵한 운신을 펼쳐 뒤를 추격했다.

파파파파파, 파파파파파, 파파파파파—!

그렇게 무수한 인원이 순식간에 숲 속 저 멀리로 자취를 감춘 때.

묵진겸이 붕백의 검극을 앞으로 겨누며 무거운 음성을 흘렸다.

"여기가 바로 너의 무덤이 될 것이야."

그러자 섬맹이 눈동자를 살짝 굴리며 한쪽 입매를 당겨 올렸다.

"내 기감마저 무력화할 정도로 일신의 힘을 감쪽같이 숨기다니…… 어떤 방법을 썼느냐?"

아까부터 궁금히 여겼던 점이다.

두 눈을 빛낸 묵진겸이 짧게 대답했다.

"봉신패."

기실 그는 여분으로 가지고 있던 대봉성 고유의 신물 봉신패를 이용해 자신의 힘을 잠깐 봉인해 숨긴 것이었다.

섬맹은 미처 예상치 못한 상대의 수에 솔직한 칭찬의 말을 건넸다.

"머리를 제법 굴렸구나."

"하늘 높은 줄 모르고 설친 당신의 광오한 성격도 한몫을 거들었지. 흡사 예전의 나처럼……."

묵진겸의 그 말에 섬맹은 심사가 뒤틀렸다.

"그래…… 지금 그 꼴을 보아하니 홀로 덤비려는 건 아닌 듯하구나."

말마따나 이 장소에 남은 이는 묵진겸 혼자가 아니었다.

차대 성주의 위에 오를 천패검붕 군율, 그리고 붕옥무결검 동리을홍을 위시한 전주 다섯 명이 여전히 예의 자리를 지키고 서 있는 상태였다.

호홀지간 묵진겸이 은밀한 전성을 보냈다.

『상대가 발휘하는 고강한 힘에 휩쓸리면 곤란하니 적당한 거리를 두고 빈틈이 드러나면 지체 없이 공격하라.』

군율, 동리을홍 등은 저마다 결연한 눈빛을 띠며 지면을 차고 멀찍이 거리를 벌렸다.

그것을 본 섬맹이 재차 입술을 히죽 비틀며 웃었다.

"크큿…… 옳아, 네 녀석이 버티고 싸우는 동안 이 몸의 허점을 발견해 공략하겠다는 것이냐?"

묵진겸은 부정하지 않고 고개를 주억였다.

"방금 말하지 않았나. 이곳이 너의 무덤이 되리라고. 상처까지 떠안은 몸으로 과연 내 검력을 얼마나 버틸 수 있으려나 자못 궁금하구나."

"이깟 검상 따위……."

섬맹은 중얼거림과 동시에 도를 쥔 한손을 살짝 흔들었다. 그러자 저편의 시신 하나가 둥실 떠올라 그 앞으로 빠르게 이끌렸다.

덥석!

똑바로 선 채로 입을 쩍 벌려 면전에 떠 있는 시신의 목을 물어뜯는 그.

투두둑!

두꺼운 가죽이 찢기는 듯한 소리에 이어.

으적, 으적, 으적…….

섬뜩한 음향을 발하며 시신의 살점을 씹어 삼킨 섬맹이 쌍도를 움킨 채 걸음을 옮긴다.

일순 여러 검상의 출혈이 거짓말처럼 멎었다.

아마도 인육을 섭취하자마자 체내에 도사린 용심마단의 힘이 그 기이한 묘용을 발휘한 모양이었다.

우르릉, 우르릉—

느린 움직임으로 한 발짝씩 내디딜 때마다 주변 공기가 크게 진동하며 천둥 같은 소리를 울린다.

"본좌를 향한 그 오만함으로 인해 허망한 죽음을 맞게 될 것이니 혹여 원망하진 말거라."

자신감에 찬 섬맹의 경고 앞에 묵진겸도 마주 걸음을 옮기며 체외로 백색 기류의 아지랑이를 퍼뜨렸다. 그 여파로 마구 진동하던 대기가 한층 사납게 떨리며 귓전을 시끄럽게 두드려 왔다.

꽈릉, 꽈르릉, 꽈릉……!

수백 년 전 사파 무림을 군림한 절대자와 현 사파 무림을 호령하는 초인의 본격적인 겨룸이 시작되는 순간이다.

파핫!

지면을 찬 섬맹의 돌진.

절륜한 무위를 대변하듯 단숨에 압축되는 간극이 불가해할 정도로 쾌속했다.

묵진겸의 면전에 이른 그가 쌍도를 놀리고.

쐐애액, 쐐애액!

위에서 아래로 곧게 떨어지는 칼날이 육중한 공력을 내뿜는다.

마치 맹수의 송곳니처럼 날카로운 도세가 상대의 정수리에 와 닿기 직전 픽! 하는 미약한 소리가 새어 나왔다.

꽈아앙! 꽈드드드득—

섬맹이 휘두른 쌍도는 애꿎은 바람만 가르곤 땅을 깨부쉈다.

묵진겸의 신형이 갑작스레 시커먼 연기를 퍼뜨리기가 무섭게 마치 촛불이 꺼지듯 그대로 자취를 감춰 버렸기 때문이다.

비붕탈영술.

사파 무림 내 경공술의 대가이자 현 존자들 중 한 명인 환우비영신 좌헌이 아니면 그 흉내조차 낼 수 없다는 초절한 운신 수법.

섬맹이 바닥을 두드렸던 도를 회수한 순간 묵진겸이 그 좌측에 불쑥 모습을 드러내며 검극을 빠르게 내찔렀다.

슈카악!

백색 기류를 머금은 붕백이 최단거리로 쇄도한다.

옆구리를 노린 일검.

섬맹은 상체를 비틀며 좌수의 도를 수평으로 눕혀 그었다.

간발의 차로 상대의 검극을 방어한 칼날이 따가운 쇳소리를 울리고.

쩌어어어어엉!

두 사람의 칼날에 어린 육중한 내력의 충돌로 기의 잔해가 파문처럼 번지는 가운데 섬맹이 예의 동작의 회전력을 이용해 우수의 도를 횡으로 내그었다.

채애앵! 퍼어어어엉…….

금속성과 파공음이 재차 터져 나오고.

"큼!"

짤막한 소리를 발한 섬맹이 놀랍게도 대여섯 걸음 뒤로 밀리고 말았다.

'이 검력은……!'

급격히 커진 두 눈동자 위로 짙은 의혹과 불신의 빛이 스쳐 지나간다.

그런 섬맹이 흔들린 자세를 추스를 틈도 없이 곧장 이어지는 묵진겸의 가공할 참격.

슈아아아아아앗!

대붕천심검법 삼대 절초의 하나 대붕낙혼세다.

종단의 기세로 궤적을 그리는 붕백의 날을 따라 공기를 가르며 뻗어 나간 검기가 상대의 전면으로 육박했다.

몸을 주춤한 섬맹이 즉각 쌍도를 십자로 교차하자 대붕낙혼세의 묵직한 힘이 그 칼날 위를 강타했다.

쩌어어어어엉— 콰아아아아앙!

육중한 검력에 의해 균형을 잃은 섬맹이 거듭 신형을 비척거리며 후퇴한 찰나.

우우우우웅!

성난 울음을 발한 붕백이 이내 주인의 손을 떠나 화살처럼 맹렬히 쏘아졌다.

쐐애애애애애액—!

어검술의 진수라는 천붕어검도였다.

검의 잔상은 그 소리마저 앞질러 상대의 우측 옆구리에 깊숙이 쑤셔 박혔다.

푸하악, 꽈드득!

살과 뼈를 꿰뚫는 섬뜩한 음향과 더불어 섬맹의 입에서 처음으로 괴로운 통성이 터져 나왔다.

"끄으윽!"

멀찍이 자리한 군율 등이 그 광경을 보고 전율한 찰나 붕백을 회수해 검쥔 묵진겸이 내공을 한 단계 위로 이끌어 내곤 전성으로 외쳤다.

『자, 언제까지 용심마단의 힘을 억누르고 있을 것이냐!』

즉각 비붕탈영술을 전개한 그는 눈 깜짝할 사이에 상대의 등 뒤를 점하곤 검을 세차게 그어 내렸다.

슈카아악!

동시에 섬맹이 신형을 뒤돌려 쌍도를 제 가슴 앞에 교차하고.

쩌정—!

칼이 서로 부딪치는 쇳소리에 이어 고강한 무형지기가 퍼어엉! 하고 폭발하듯 번져 묵진겸의 신형을 이십 보 뒤로 튕겨 나가게 만들었다.

츠츠츠츠츠, 츠츠츠츠츠……!

시커먼 기류에 휩싸인 섬맹이 변화를 일으켰다.

드디어 아껴 놓고 있던 용심마단의 힘을 개방한 것이다.

반탄지력에 밀려 후퇴해 선 묵진겸은 서둘러 자세를 잡으며 군율을 향해 전음을 보냈다.

『최대한 일찍 놈의 진정한 힘을 이끌어 내는 데에 성공했구나! 혹여 내가 큰 부상을 입더라도 섣불리 움직이면 곤란하다! 부디 인내심을 갖고 기다리거라! 알겠느냐?』

『명심하겠습니다, 사부님!』

섬맹은 전신의 피부가 시커멓게 변한 것도 모자라 두 눈도 핏물처럼 빨갛게 물든 상태로 적나라한 투기와 살기를 내뿜었다.

"크…… 그래, 나의 불찰이로군. 네가 가진 그릇을 너무 작게 보았다."

그 말에 이어 이마 위로 작은 뿔이 내돋친다.

그것을 발견한 묵진겸의 동공이 미세한 파문으로 흔들렸다.

'아니, 저것은……?'

섬맹이 두 손에 쥔 도로 막대한 공력을 주입하며 시뻘건 안광을 폭사했다.

『검황께서 선사하신 이 위대한 힘 앞에 죽는 것을 영광으로 여겨라!』

웅장한 전성을 발한 그의 체외로 방대한 흑색 기류가 맴돌더니 태풍으로 화해 일대 공간을 사정없이 휩쓸어 나갔다.

콰콰콰콰콰, 콰콰콰콰콰—!

第九章
그런 거 없어

화르륵, 화르르륵, 화륵—!

뜨거운 염화가 가득한 지옥으로 화해 버린 숲.

남룡정 문수와 동룡정 구정을 비롯한 황룡대, 갈룡대, 호룡검단, 추룡검단 전원은 흡사 결계와 같은 그 열력의 공간 안에 갇혔다.

방대한 불길은 장방형의 벽을 이루듯 활로를 차단했고 다량으로 매설된 화탄과 폭약은 쉴 새 없이 폭음을 연주했다.

꽈광, 꽈과과광, 꽈과광, 꽈광……!

용신부 무리는 일제히 무형의 기막을 생성해 몸을 지켰

으나 이미 다수의 부상자가 속출한 상태였고, 앞서 첫 번째 폭발 때 미처 방비하지 못하고 절명한 인원도 무려 이백여 명을 넘겼다.

기실 용신부 검수들 힘이 남달랐기에 그 정도에 그쳤지, 여느 무리였다면 일찌감치 전멸을 당했으리라.

쿠구구구구구구구…….

지면의 미약한 떨림과 더불어 매설된 화탄과 폭약의 연쇄적인 폭발이 차츰 잦아들자 주변엔 자욱한 연기와 매캐한 냄새가 가득했다.

문수는 그렇듯 휘하 전력이 뜻밖의 피해를 입자 흉중으로부터 걷잡을 수 없는 분노가 일어났다.

"감히!"

동시에 원을 그리는 우수.

후우우우웅!

방대한 무형지기가 세찬 소리를 터뜨리며 때 아닌 강풍을 일으켰다. 하지만 사위에 가득한 연기는 이 공간 안을 맴돌기만 할 뿐이었다.

바로 장방형의 벽을 이루며 하늘 높이 치솟은 불길 때문이다.

그것은 단순한 화염이 아니었다.

철무련 무학의 정수인 염력의 기운과 제갈세가 고유의

봉쇄 절진이 서로 조화를 이뤄 만든 결계였다.

문수 옆에 자리한 구정이 돌연 입꼬리를 씰룩 당기며 웃었다.

"훗, 과연 제갈세가…… 자못 훌륭한 솜씨로군. 설마하니 화염지기를 이용해 진을 설치할 줄이야."

그러자 문수가 말을 받고.

"관부의 비밀스러운 도움 없이는 국법이 강제로 금기한 대량의 화기를 함부로 사용하기 힘들 터…… 그렇다면 저 절벽 위의 성채 역시도 모종의 기관진이 존재하겠지."

"남룡정, 짐작건대 이것은 제갈세가 역사상 최고의 진식이라는 무궁대륜진(無窮大輪陣)의 묘용을 발휘하는 듯하다."

말을 마친 구정이 전방에 보이는 화염의 벽면을 향해 검기를 쏘았다.

쐐애애애액— 퍼어어어어엉!

강맹한 검기와 충돌한 지점의 불길이 큰 소리를 내며 커다란 구멍이 뚫린 찰나.

화르륵, 화륵, 화르륵……!

그 너머로 시뻘겋게 타오르는 또 하나의 화벽(火壁)이 보인다.

그것도 잠시, 검기에 의해 뚫린 커다란 구멍은 곧 흔적도 없이 사라지고 말았다. 벽을 이룬 불길이 꿈틀꿈틀 움직여 그 틈을 깨끗이 메워 버린 까닭이었다.

구정이 예상했다는 표정으로 어깨를 으쓱거렸다.

"두 겹 세 겹, 아니, 최소한 열 겹 가까이 될 것이야. 역시 제갈세가답다고 할까. 물론 철무련 정예 전력이 보유한 상승 공부를 적절하게 활용한 덕분이지만, 그것 역시 능력이지."

"예서 시간이 끌리면 곤란하다. 어느새 바깥 상황이 몹시 어지럽게 변했으니……."

말마따나 그랬다.

사방을 차단한 화염의 벽 너머로 병기가 부딪치고 기파가 난무하는 소리가 시끄럽게 울려 퍼지고 있다.

퍼펑, 펑— 차자장, 차장— 꽈우웅— 깡, 까강—!

이곳에 갇힌 선두 무리를 제외한 뒤쪽 행렬의 서역 마인들, 그리고 운룡검단을 포함한 세 개 검단의 전력이 맹렬한 싸움을 전개한 것이다.

그때.

드드드드드, 드드드드드—!

마치 지진이 난 것처럼 주변 땅이 큰 흔들림을 자아냈다.

동시에 문수의 안색이 돌변하고.

"가만, 이것은……?"

질세라 구정이 고개를 끄덕이며 입을 열었다.

"그래, 십중팔구 도황께서 숨은 힘을 드러내신 모양이다."

"큼, 시기가 너무 이르지 않나?"

"지금 우리의 경우처럼 저쪽 또한 예기치 않은 변수가 발생한 듯하군. 어쩌면 속전속결(速戰速決)의 뜻을 표명하신 것일 수도 있고…… 여하간 당장 이곳을 나가는 게 좋겠다."

"벌써 용심마단의 힘을 이용하자는 것이냐?"

문수의 물음에 구정이 서늘한 안광을 뿜으며 체외로 시커먼 기류를 무럭무럭 퍼뜨렸다.

"저 밖엔 존자 반열의 여러 강자가 도사리고 있을 터이니, 우리도 당한 만큼 대갚음을 안 할 수가 없지. 이 힘으로써 단번에 돌파하리라!"

호기로운 외침과 함께 수마인의 외형으로 변한 그가 막강한 공력을 이끌어 내자 사방 공간이 투명하게 요동쳤다.

쿠쿠쿠쿠쿠쿠……!

뒤이어 전방으로 내지르는 일검.

슈아아아아아앗!

날카로운 파공음을 토한 직선의 검기가 이글거리는 화벽과 부딪치자 좀 전과 비교할 수 없을 정도로 어마어마한 원형의 구멍이 확! 뚫렸다.

파팟—!

용천혈로 기를 모아 지면을 박찬 구정이 거대한 구멍 너머에 있는 또 하나의 화벽을 노려 돌진하며 전성을 터뜨렸다.

『전원, 용심마단의 힘을 개방해 내 뒤를 따르라!』

*　　*　　*

제갈세가의 결계 진식이 발동한 곳으로부터 오십여 장 떨어진 숲 속은 핏빛 전장으로 화한 상태였다.

쉴 새 없이 터져 나오는 금속성과 파공음, 연달아 들리는 단말마의 비명들, 그리고 급속도로 하나둘씩 늘어 가는 시신들.

앞서 용신부 산하의 운룡검단, 거룡검단, 무룡검단과 성마루, 주마참대, 망혼문 등의 새외 마인 무리는 타오르는 화벽을 지나쳐 이곳에 이르자마자 철무련을 위시한 정파, 사파 연합 전력과 맞닥뜨려 치열한 싸움을 전개했다.

현재 이 전장엔 철무련의 임시 련주인 철사자 서문취수를 비롯해 제갈세가주 산화신수 제갈평, 종남파 장문인 일엽도장, 수양무전주 수류신검 태사효 등 정파 내 일류 고수진이 대거 모습을 드러냈고 사파도 대천숭검장, 표풍부, 한검문, 음사파, 사공검가 등에 몸담은 명성 높은 무인들 대부분이 합류해 이 길목을 어떻게든 지키리란 굳은 의지를 대변해 왔다.

게다가 신무불 해각대사, 유성검신 임총, 운해검노 진수, 환우비영신 좌헌 등 존자 반열의 강자들 또한 가세해 아군의 사기를 북돋웠다.

서로 한 치의 양보도 없이 일진일퇴를 거듭하는 공방전.

난전 속에 선 철무련 서열 삼 위의 고수 화인철검자 채엽은 칼을 놀리다가 돌연 나지막한 외침을 발했다.

"다들 뒤로! 자칫 휩쓸릴 수도 있다!"

그 짤막한 명에 주변 가까이의 철무련 검수 수십 명이 일제히 손속을 멈추더니 날렵한 보법을 밟아 멀찍이 후퇴한다.

동시에 채엽의 검이 전방으로 궤적을 그리자 시뻘건 불길이 커다란 부챗살 모양으로 퍼져 나갔다.

슈우웃— 화아아아아악!

극열염화검식 제사식의 고강한 검초, 화염검선.

시뻘건 염화의 기류가 거대한 부채를 활짝 편 듯이 쇄도해 무룡검단의 피풍인 십여 명의 신형을 한꺼번에 덮치자.

화르르르르륵, 부스스스스슷…….

불길에 휩쓸린 예의 인원이 눈 깜짝할 사이에 재로 화해 허공중으로 날려 흩어지며 죽음을 맞았다.

실로 엄청난 열력을 발휘한 터라 순식간에 공기가 뜨겁게 달아오르며 주변 사람들 피부마저 화끈거리게 만들었다.

그때 누군가의 우렁찬 일갈이 터져 나오고.

"놈!"

성난 목소리의 주인은 멀지 않은 곳에 있던 무룡단주였다.

쐐액, 쐐애액―!

멸절의 용신기를 운용한 두 번의 칼질로 철무련 검수 다섯 명을 무참히 베어 넘긴 그가 경공술을 전개해 간극을 빠르게 좁혀 갔다.

눈을 번뜩인 채엽은 기다리지 않고 다음 검초를 뿌렸다.

종단의 기세로 선을 그리는 칼날.

화르르르르르르륵―!

극열염화검식의 고강한 참격 검예 중 하나이자 제오식의 대표 검초인 염천검형기.

기다란 검 형태로 화한 붉은 화염의 기류가 정면으로 육박해 드는 상대를 반으로 쪼개 버릴 듯이 쏘아졌다.

화르르르르르르륵―!

하나 무룡단주는 돌진을 멈추지 않은 채 검을 횡으로 휘둘러 멸절의 용신기를 발출했다.

퍼어어어어엉……!

귓전을 때리는 폭음이 울린 직후 채엽의 신형이 빙판 위를 미끄러지는 것처럼 뒤로 주르륵 밀렸다.

표홀한 신법으로 도약한 무룡검단주는 어느새 상대의 머리 꼭대기 바로 위에 이르러 칼을 세게 그어 내렸다.

슈카아악!

채엽은 치명적인 급소인 뇌천을 향해 떨어져 내리는 검격 앞에 몸의 균형을 잡을 틈도 없이 우수의 검을 위로 내질렀다.

강하게 맞부딪친 칼날들.

퍼어어어어어엉!

검기가 충돌한 굉음이 터지며 기의 잔해가 사방으로 번진다.

뒤이어 섬뜩한 음향이 들렸다.

츄우웃—!

"큭!"

채엽은 괴로운 신음을 발하며 그만 뒤로 넘어지고 말았다.

상대가 뿌린 멸절의 용신기에 의해 좌측 어깨부터 우측

옆구리까지 기다란 검상을 입은 까닭이다.

검격을 거두며 가볍게 착지한 무룡검단주가 재차 멸절의 용신기를 이용해 목숨을 끊어 놓기 위해 초식을 시전하려는 찰나.

우르르릉!

등 뒤로부터 큰 뇌성이 일더니 유성처럼 찬란한 검기가 거리를 격해 날아들었다.

흠칫 놀란 무룡검단주는 즉각 신형을 비틀며 검을 가슴 앞에 세웠고, 예의 빛나는 검기는 그대로 칼날 위를 세차게 두드렸다.

쩌어어어어어엉—! 콰우우우우우우…….

금속성에 이은 굉음이 메아리로 화해 공간을 울리는 가운데 무룡검단주는 발바닥으로 땅을 지이익! 긁으며 십여 보 뒤로 후퇴해 섰다.

앞서 기습적인 검기를 날린 장본인이 이내 서문취수를 부축해 일으키고 근엄한 목소리를 내뱉었다.

"힘을 아낀 상태로 내 검을 감당하기란 무리일 것이야."

그 정체는 바로 정파 무림의 초절정 검수이자 당금 성하상무궁의 궁주 유성검신 임총이었다.

무룡검단주가 머리를 좌우로 살짝 꺾은 후 검을 고쳐 잡았다.

"크큭…… 존자 반열의 강자라 해서 우리가 두려움을 가질 것 같으냐. 원하는 대로 해 주마!"

시커먼 기류가 몸을 감싸자 기이한 음향이 울린다.

츠츠츠츠츠츠―!

그렇게 무룡검단주는 용심마단의 힘을 이끌어 낸 상태로 붉은 눈깔을 사납게 굴렸다.

임총은 곁에 나타난 철무련 검수 둘한테 부상을 당한 채엽을 맡기며 극성의 내공을 운용했다. 그러자 옷자락이 한껏 부풀어 올라 펄럭펄럭 나부꼈다.

"오라."

그렇게 임총이 우수의 칼날로 진기를 주입한 순간.

파파파파파파파―!

사나운 풍성과 동시에 시커먼 인영이 질풍처럼 무룡검단주 옆을 지나치고 임총의 전면으로 곧장 돌진해 들었다.

'읏!'

눈빛을 굳힌 임총은 더 생각할 것도 없이 천한유성검결의 오대 절초 중 하나인 유성경천(流星徑天)을 시전했다.

촤촤촤촤, 촤촤촤촤촤―!

야천을 가로지르는 유성우처럼 뻗어 나가는 빛살의 검기들.

시커먼 인영은 종단의 참격으로 맞섰다.

꽈과광, 꽈과과광!

큰 소리를 터뜨린 유성경천의 기운이 마치 연기처럼 쇄파되어 사위로 흩날리고.

예의 인물이 쾌속한 질주로 십 보 거리에 이르러 멸절의 용신기를 구사했다.

슈아아아아아아아아—!

임총은 이를 꽉 깨물며 적의 검격을 방어하기 위한 육중한 검기를 토했다.

한데 그때.

운해검노 진수와 환우비영신 좌헌이 양옆에 불쑥 나타나 십 보 전방의 상대를 노려 검력과 장력을 쏘아 보냈다.

결국 세 존자가 나란히 발출한 기류들 앞에 멸절의 용신기는 우레 같은 폭음을 연주하고 희미한 빛을 퍼뜨리며 소멸했다.

진수가 이내 임총을 보며 나지막이 일렀다.

"임 궁주, 조심하시오. 우리가 합격하지 않으면 감당하기 힘든 상대요."

반대쪽에 자리한 좌헌도 동의하듯 고개를 살짝 주억였다.

"음, 그 말씀이 옳소."

그렇게 답하는 임총의 시야에 담겨 드는 시커먼 인영의

정체는 수마인의 외형을 가진 동룡정 유령검조 구정이었다.

“세 존자를 모조리 쳐 죽이는 것만큼 뿌듯한 일도 없을 것이야. 크하핫!”

소성을 발한 구정은 체외로 한층 짙은 흑색 기류를 토하며 지면을 쾅! 박차고 돌진했다.

* * *

성도의 한적한 숲길.

자색 장포를 두른 자룡대를 비롯한 용신부 소속 검수 무리가 내밀한 보행으로 나아가다가 어느 순간 신형을 멈춰 세웠다.

이유는 오직 하나였다.

길 앞쪽의 저편 너머로부터 무수한 인원이 다가오는 기척을 감지했기 때문이다. 아니, 사실 기척은 일찌감치 파악한 상태였다.

다만 그 실체가 궁금했을 뿐.

자룡대장이 희미한 미소를 머금으며 속으로 중얼거렸다.

‘진천당가인가?’

이윽고 수백 명이 넘는 인원이 일제히 모습을 드러내더

니 성큼성큼 걸어 간극을 좁혀 왔다.

척, 척, 척, 척…….

행렬의 필두에 보이는 인물은 바로 현 청풍표국의 국주 혈수검왕 신율이었다. 그리고 뒤쪽 좌우엔 표두 검륜수사 백리대약과 수석 표사 승천무장 역류흔이 자리했다.

마침내 이십 보 남짓한 거리에 이르러 우뚝 선 신율이 다짜고짜 칼자루를 움켰다.

그것을 본 자룡대장이 히죽 웃으며 말했다.

"훗…… 기습을 가해도 모자랄 판에 감히 정면으로 승부를 보시겠다?"

신율이 일언반구도 없이 손짓을 보내자 뒤쪽 일행이 저마다 칼을 빠르게 뽑아 들었다.

하나 자룡대장은 여유를 부리듯 물음을 던졌다.

"늙은이…… 정체가 뭐지? 복색만 봐선 선뜻 가늠하기가 힘든데."

그제야 신율이 답하기를.

"어제 저녁까지 뼈 빠지게 일하다가 온 불쌍한 사람이랄까."

"뭐?"

자룡대장을 비롯한 용신부 무리는 멍한 눈빛을 흘리다가 이내 허탈한 소성을 발했다. 그러거나 말거나 신율은 칼을 세워 들며 막대한 내공을 이끌어 냈다.

"역시나 검 교두님의 예측이 정확했군. 아무튼 너희는 예서 모조리 저승으로 떠나게 될 것이야."

자룡대장은 안색을 바꾸더니 비로소 검극을 정면으로 겨누며 억눌렀던 살기를 한껏 내뿜었다.

"그래, 어제까지 뼈 빠지게 일만 했던 그 고달픈 삶…… 이참에 우리가 끝내 주마."

신율은 호기롭게 자신의 죽음을 예고해 오는 자룡대장을 가만히 바라보다가 배까지 늘어뜨린 붓털 같은 수염을 왼손으로 쓰다듬었다.

"용정 정도는 되어야 베는 보람이 있을 터인데."

호홀지간 자룡대장의 굵은 눈썹이 꿈틀하고 사납게 치솟았다. 그러곤 두 눈 위로 지독한 살광을 뿜으며 입을 열었다.

"빙백무종, 철화검성, 혈마대제, 천마제, 파초대마후, 사종검황, 그리고 검무영…… 우리가 경계하는 인물은 그 몇 명의 강자뿐이거늘."

눈앞의 상대를 철저히 무시하는 말이다.

바로 그때.

옷자락이 나부끼는 소리가 들리나 싶더니 한 노인이 표홀한 신법으로 등장해 자룡대장 옆에 섰다.

북룡정인 태을검공 가허였다.

이어서 자룡대 인원이 자리한 뒤쪽으로 남룡대와 기룡검단, 참룡검단, 와룡검단이 차례로 나타나 물결을 이루듯 도열했다.

어림잡아 일천 명은 족히 넘어 보이는 실로 어마어마한 수.

"북룡정께서 이곳에 어찌……?"

자룡대장의 어리둥절한 물음에 가허는 눈길조차 주지 않고 차분한 음성으로 일렀다.

"짐작건대 저자가 바로 현 청풍표국의 국주일 것이니라."

동시에 자룡대장의 안색이 가볍게 흔들렸다.

'아, 혈수검왕……!'

뒷짐을 진 가허는 전방에 시선을 고정한 채 자룡대장을 비롯한 휘하 무리한테 내밀한 전음을 보냈다.

『청풍표국으로 떠난 선발대는 이미 진천당가를 위시한 적 무리에 의해 모조리 전사했음을 알게 되었다. 일차 교란 적전은 실패했느니라. 그리하여 행로를 이쪽으로 급히 틀은 것이야.』

그 말을 들은 자룡대 전원은 저마다 이마 위로 핏대를 세우며 분한 기색을 드러냈다.

신율이 곧 읊조리듯 중얼거렸다.

"우리도…… 증원이 필요하겠군."

말이 끝나기가 무섭게 후방으로부터 무수한 기척이 일더니 소천검절 달충묘가 이끄는 환상검문의 정예 검수 무리가 모습을 드러냈다. 그리고 사천성 굴지의 정파 무문인 아미파와 청성파 일행도 잇달아 가세해 병풍처럼 도열해 섰다.

가허는 예상했다는 듯 아무런 표정의 변화도 없이 점잖은 투로 말했다.

"참으로 오랜만이다."

신율을 향한 인사가 아니었다.

직후.

부용성군검을 움킨 백리대약이 고개를 끄덕이며 무거운 음성을 흘렸다.

"날 아직 기억하는군. 여하간 이런 식으로 대면하게 되다니…… 자못 안타까운 상황이구나."

그는 과거 검륜수사란 별호를 얻으며 귀주삼검절로 활약하던 시절에 태을검문을 이끄는 가허와 교분을 쌓은 적이 있다.

비록 현 청풍검문주 하육기처럼 친필 서신까지 교환한 사이는 아니었으나 정파 무림의 의인답게 늘 정행을 실천하는 상대를 존경하여 삼 년 남짓한 시간 동안 태을검문을 수시로 방문해 정을 나눴다. 그러다가 선도에 빠져 은거를 결심하며 결국 인연이 끊기고 말았는데 이렇듯 예서 다시 조우하게 된 것이었다.

물론 예전과 달리 이젠 정파 의인이 아닌 적으로서 말이다.

백리대약이 목소리를 이었다.

"당신이 불순한 용신부에 몸을 담고 있다는 사실을 알게 되었을 때는 참으로 개탄스러웠소."

"개탄스럽다? 훗…… 난 도리어 이 땅을 지배하게 되실 용문검황을 섬겨 영광이라 생각하는데."

별안간 신율이 한 걸음 앞으로 나서며 칼날로 고강한 진기를 주입했다.

"먼저 저승에 가서 기다리거라. 그러면 천무외도 곧 그리로 향할 터이니."

가허가 이내 신율, 백리대약, 역류흔을 번갈아 보더니 입매를 살짝 비틀었다.

"승천무장…… 그래, 존자 반열의 강자 한 명이 곁에 있다고 기세가 오른 모양이구나."

앞서의 자룡대장과 마찬가지로 신율이 품고 있는 무의 그릇을 작게 치부하는 그였다.

하기야 그럴 만도 했다.

가허 자신은 당금 십이존자가 두각을 드러내기 이전 시대에 강호 무림을 군림한 천중팔절의 일인으로 크나큰 명성을 떨쳤으나 신율은 사천 지역에 국한된 무명을 가진 인물이었으니까.

한때 청풍검왕 어륜과 더불어 '사천쌍벽' 이라 칭송된 유명 무인이라지만 구태여 경각심을 가질 정도의 초고수는 아닐 것이라 여겼다.

잠자코 있던 역류흔이 의미심장한 미소를 머금더니.

"훗, 설마 내가 이 자리의 최고수라 생각하느냐?"

일순 가허의 새까만 동공 위로 희미한 이채가 퍼뜩 스쳐 지나갔다.

"호오, 내 판단이 틀렸다?"

그가 흥미로운 표정으로 말을 받자 역류흔이 한층 짙은 미소로 입을 열었다.

"국주님 칼을 직접 받아 보면 알게 될 것이다."

직후 조용히 냉소를 보낸 자룡대장이 내공을 운용하며 지면을 차고 돌진하려는 찰나 가허가 손짓으로 만류했다.

"하여간 강호 놈들 허세란…… 그래, 몸소 확인해 보지."

신율이 이내 검을 지면 쪽으로 기울이며 나지막한 목소

리를 흘렸다.

"끌, 노부를 함부로 무시하는 꼴을 보아하니 너희는 아직도 검 교두님의 능력을 제대로 파악하지 못했구나."

호홀지간 그의 신형 주위로 강한 바람이 일고.

후우웅……!

일대 공간을 투명하게 일그러뜨리는 무형지기가 전방으로 확 번져 나갔다.

드드드드, 드드드드—

고강한 힘의 영향으로 진동하는 지면.

'음?'

낯빛이 일변한 가허가 신속히 체외로 무형지기를 퍼뜨리며 상대의 기운에 맞섰다.

쿠르르릉, 쿠르르르르릉, 쿠르릉……!

두 사람이 발한 묵직한 무형지기가 한데 어우러지자 주변 대기가 큰 소리를 내며 흔들렸다.

가허는 결국 뒷짐을 지고 있던 손을 풀더니 허리 옆에 걸린 검을 뽑아 들었다.

비로소 상대에 대한 경각심이 생긴 것이다.

'흠, 범상치 않은 기운이구나. 혹 사상존에 버금가는 수위의……?'

그때 신율이 우수에 들린 승천검랑 누인의 신물 승화신

검 날 위로 백색의 기파를 생성하며 말했다.

"이 몸이 늘그막에 이르러 더 이상의 깨달음은 없을 것이라 여겼다만⋯⋯ 검 교두님의 혹독한 가르침을 통해 이제껏 도달하지 못한 새로운 경지로 발을 들였지. 오늘 그 힘을 여실히 펼쳐 보여 주도록 하마."

뒤이어 그가 두 발로 딛고 선 지면이 어지러이 금을 그리기 시작한다.

쩍, 쩌저적, 쩌적—!

만근 바위가 마구 떨어져 내리는 것 같은 육중한 압력이 사위를 짓누르는 가운데.

『준비하라.』

가허가 천리전성을 발하자 자룡대, 남룡대, 기룡검단, 참룡검단, 와룡검단 전원이 일제히 진격을 위한 자세를 갖췄다.

처처처척, 처처처처척, 처처척⋯⋯.

그것을 본 백리대약, 역류흔도 질세라 극성의 공력을 이끌어 내자 각자의 검이 지이잉! 하고 울음을 터뜨렸다. 그리고 청풍표국 일동을 포함한 다른 무인들 역시 단전을 빠르게 돌려 임전 태세에 돌입했다.

칼자루를 쥔 손에 거듭 힘을 준 가허가 눈을 번뜩이며 외쳤다.

"어디 일각이나 버틸 수 있으랴!"

지면을 쾅! 하고 박차며 매섭게 돌진하는 신형.

파파파파파파—!

신율도 즉각 보법을 밟아 빠르게 나아간다.

눈 깜짝할 사이에 간극을 좁히며 마주한 두 무인은 진기를 담은 검극을 강하게 내찔렀다.

쩌어어엉! 콰우웅…….

사나운 굉음이 메아리친 직후.

지이익—!

가허가 발바닥으로 지면을 끌며 뒤로 미끄러지듯 후퇴했다.

'놈, 제법……!'

이를 빠드득 간 가허는 일전 관궁한테 속수무책으로 당했던 굴욕적인 싸움이 뇌리에 떠올랐다. 만약 그때 은암권황 엄언이 구해 주지 않았다면 비참한 죽음을 맞았으리라.

명색이 용신부의 용정으로서 그러한 일을 두 번 당할 수는 없다.

가허는 그런 판단과 동시에 용심마단의 힘을 운용해 외형을 바꾸며 고성을 터뜨렸다.

『전원 힘을 개방하라! 최대한 빨리 죽여 없애고 본대로 합류할 것이야!』

용신부 무리가 일제히 시커먼 기류에 휩싸이며 수마인처럼 외형이 변하자 신율이 극성의 내공을 이끌어 내며 일행의 사기를 북돋웠다.

『내가 버티고 있는 한 적의 칼 앞에 죽는 일은 없을 것이야! 그러니 다들 일신의 성취를 믿어라!』

육방전성이 끝나자마자 백리대약, 역류흔 등 수많은 인원이 입을 모아 한 목소리로 대답하더니 용신부 무리를 향해 빠르게 돌진해 갔다.

타다다다닷, 타다다닷, 타다다다닷—!

흡사 노도처럼 전방을 노려 맹렬히 나아가는 인파.

용신부 무리도 저마다 뾰족한 송곳니를 드러내며 마주 진격한다.

두두두두두, 두두두두두—!

양 진영의 간극이 급속도로 압축되는 가운데 신율과 가허도 즉각 신형을 날려 본격적인 칼부림을 시작했다.

후후후후훙……!

가허의 검이 풍성을 터뜨리며 파풍의 용신기를 발출하자 신율의 검도 번쩍이는 회오리 같은 거대한 기류를 토했다.

꽈우우우우우우웅—!

* * *

성도 서쪽의 산지 너머에 위치한 드넓은 평야.

청풍검문 밖으로 나온 검무영은 녹음 짙은 긴 숲길을 지나쳐 이곳에 이르렀다.

"참 많이도 왔군."

걸음을 우뚝 정지하고 중얼거리는 그의 시야에 무려 오천 명이 넘는 듯한 용신부 무리의 모습이 가득 담겨 들었다.

서로의 거리는 대략 삼십여 장.

검무영을 뒤따르다가 이내 신형을 멈춰 세운 청풍검문의 적전제자들, 평제자들은 그 광경을 보자마자 놀란 표정을 감추기 힘들었다.

양욱은 살갗을 팽팽히 당기는 긴장감을 느끼며 나지막한 목소리를 내뱉었다.

"어, 엄청난 수……!"

검무영과 그 휘하의 문도들을 발견한 적은 곧 일사불란한 동작으로 진격을 위한 진형을 갖췄다.

현재 용신부 무리는 세 방향으로 나뉘어 청풍검문을 향해 접근 중이었는데, 이곳에 나타난 적은 바로 용문검황 천무외가 직접 통솔하는 전력이었다.

안력을 돋운 검무영이 저 멀리 최후방을 가만히 주시하

다가 희미한 미소를 머금으며 뒤쪽의 일동을 향해 나지막이 일렀다.

"흔히 구할 수 있는 이야기책을 보면 아주 평화로운 시기에 강한 적이 나타나고, 아군은 고전하기 마련이고, 또 사력을 다해 막판에 겨우겨우 수를 써서 이기는…… 대충 그런 내용이지."

그 말을 들은 하연설, 단선후 등 청풍검문 일동은 두 눈을 멀뚱거렸다.

예? 아니, 그래서요? 지금 급박한 이 상황에 무슨 말씀을 하시려는 겁니까? 라는 표정들.

어깨를 으쓱인 검무영은 곧 묵필을 검쥐고 천룡신검의 형태로 바꾸더니 짧게 말했다.

"내 사전엔 그런 거 없어."

그 말과 동시에 천룡신검의 칼날 위로 빛의 기류가 하늘하늘 피어오르고.

"시작해 볼까? 예서 대기해."

목소리가 끝나기 무섭게 지면을 꽝! 박찬 검무영의 신형이 눈 깜짝할 사이 적 진영 바로 앞쪽에 이르렀다.

말 그대로 육안으로 쫓을 수조차 없는, 가히 빛살 같은 운신.

적이 몸을 움찔하며 경악한 순간 천룡신검의 날이 전방

으로 거대한 궤적을 그렸다.

슈아아아아앗—!

여태까지 구경한 적 없는, 어마어마한 크기를 자랑하는 멸절의 용신기 앞에 용신부 검수 오백여 명이 가루로 화해 소멸했다.

스스스스스스슷…….

단말마의 비명은 고사하고 핏방울 하나조차 남기지 않은 채로.

하연설을 비롯한 청풍검문 일동은 벼락같은 전율에 휩싸였다.

'세, 세상에……!'

방금 본 광경이 선뜻 믿기지 않는 눈빛들.

고작 한 번의 칼질 앞에 용신부 최정예 검수 오백여 명이 손을 쓸 새도 없이 사라져 버리다니, 말을 잇기 힘들 정도로 경이로운 무위였다.

임전 태세를 갖추고 있던 적이 본능적으로 뒷걸음질 치며 거리를 벌린 순간 검무영이 웅장한 전성을 발했다.

『싸움? 아니, 이것은 단죄의 사냥이다. 어디 능력껏 도망쳐 봐.』

그런 그가 천룡신검을 위로 번쩍 들자.

콰아아아아아아아아—!

굉음이 메아리침과 동시에 거대한 광채가 빠르게 솟구치더니 반경 수백 장을 뒤덮은 한 마리 용으로 변모했다.

쿠쿠쿠쿠, 쿠쿠쿠쿠쿠…….

일대 허공을 가득 채우며 꿈틀거리는 빛의 용.

광해의 용신기였다.

우우우우우우우—

마치 용신이 울부짖는 것처럼 큰 소리를 터뜨리는 기운.

압도적이란 표현조차 부족할 지경이다.

거대한 빛의 용은 이내 제 주인의 의지를 따라 지상에 자리한 적들 머리 위로 강하게 떨어져 내렸고.

꽈아아아아아아아아아앙!

어마어마한 폭음과 함께 시계에 보이는 적 수천 명이 일시에 가루로 화하며 하늘로 흩날렸다.

〈다음 권에 계속〉

DREAMBOOKS

DREAMBOOKS